Canciones
de la Tierra del Sueño

理想国的歌声

［哥伦比亚］费尔南多·伦德　著
曹谁　译

山西出版传媒集团　北岳文艺出版社
·太原·

图书在版编目（CIP）数据

理想国的歌声 /（哥伦）费尔南多·伦德著；曹谁译. — 太原：北岳文艺出版社，2024.5
ISBN 978-7-5378-6841-9

Ⅰ. ①理… Ⅱ. ①费… ②曹… Ⅲ. ①诗集 – 哥伦比亚 – 现代 Ⅳ. ① I775.25

中国国家版本馆 CIP 数据核字（2024）第 068149 号

理想国的歌声

[哥伦比亚] 费尔南多·伦德◎著
曹谁◎译

出品人
郭文礼

选题策划
刘文飞

责任编辑
吴国蓉

书籍设计
张永文

印装监制
郭　勇

出版发行：山西出版传媒集团·北岳文艺出版社
地址：山西省太原市并州南路 57 号　邮编：030012
电话：0351-5628696（发行部）　0351-5628688（总编室）
传真：0351-5628680
网址：http://www.bywy.com　E-mail：bywycbs@163.com
印刷装订：山西人民印刷有限责任公司

开本：787mm × 1092mm　1/32
字数：200 千
印张：7.25
版次：2024 年 5 月第 1 版
印次：2024 年 5 月山西第 1 次印刷
书号：ISBN 978-7-5378-6841-9
定价：58.00 元

世界文学时代的费尔南多·伦德（序言）

他们优雅地揭示了固体的黎明的脉搏的光芒，
在石头的心脏曾经有闪电定居，
在无边大水中出现漂浮的灯光，
形成一张植物和动物编织的网，
创造出一个新的家园。

——费尔南多·伦德《水平线上的新家园》

在少年时代，我从弟弟春波手中得到一本彩绘版的《圣经》，其中通天塔的故事深深印在我心中。最初人类讲同一种语言，要建造一座通天的巴别塔，上帝害怕影响自己的权威，就变乱人类的语言，人类因为无法交流而停止建造通天塔，散播到亚洲、欧洲、非洲，成为不同的民族。这个故事曾经让我深深失落，一直梦想如何重建通天塔，让世界走向大同，后来就创作了我的第一部长篇小说《巴别塔尖》，这成为我的一个创作主题。这个主题贯穿我的生活，我给自己取号为“通天塔主”，为自己的屋子取名“巴别塔尖”，为我的儿子取名曹亚欧非。这个梦想因为我加入世界诗歌运动（World Poetry Movement）而逐步成为现实，而费尔南多·伦德（Fernando Rendon）正是世界诗歌运动的发起人和总协调人。

2017年，我在北京读北京师范大学和中国作家协会联办的作家硕士班时，莫言是我们的学长和导师，张清华和邱华栋先生分别在北京师范大学和鲁迅文学院负责，其间鲁迅文学院举行首届国际写作计划，我在跟外国诗人的交流中认识土耳其诗人纽都然·杜门（Nurduran Duman），我们俩的英语虽然都不标准，但神奇的是可以天然地理解对方，每天都探讨世界诗歌。我也是从翻译她的诗集《伊斯坦布尔的脚步》开始了翻译生涯。她介绍我认识世界诗歌运动总协调人、麦德林国际诗歌节主席、哥伦比亚诗人费尔南多·伦德，进入世界诗歌运动。费尔南多在2011年的麦德林国际诗歌节上，跟世界各国的诗人成立了世界诗歌运动，他们共同签署了《世界诗歌运动宣言》，后来由我翻译成中文版，发表在《世界诗歌》杂志上，如同文中所说："我们号召你们通过一场世界诗歌革命，将生命之春的不可战胜的梦想现实化和理想化。诗歌所鼓舞的解放精神好比一棵思想巨树，我们要悉心照顾和滋养这棵思想巨树上伸展出的枝干、花朵和果实上的每一个细小根脉。诗人有义务完成这项任务，我们的使命是解放人类领地的最后一块精神净土。人类已经失去了最初的道路，并在其虚弱的个人主义中病倒——诗歌是人类康复的良方。诗歌可以而且应该由所有人来创作。当诗意精神从你的嘴唇中发出，从我的嘴唇中发出，从每个人的嘴唇中发出，并且抵达世界的耳朵时，那汇聚而成的强大声音，将是世界诗歌革命的成果——世界将为此发生改变，地球将把这个成果赠予我们每个人。一种由积极的精神燃烧而产生的强大的声音，通过亿万人类的声音表达，可以阻止堕落，恢复我们人类物种生存的自然法则，在新的人类社会中，让我们向着一个全新的、美丽的、崇高的、尊严的、民主的生活飞翔。"

在世界诗歌运动中，我认识了全世界一百多个国家的诗人，我们通过创作、翻译、出版、讨论，形成了一个"世界诗歌运动"的诗派。后来我担任《世界诗歌》杂志英文副主编，通过《世界诗歌》向世界各国的几十位有影响的诗人约稿，如同刊物宗旨所言：“让世界诗歌走进中国，让中国诗歌走向世界。”许多诗人我都是通过费尔南多认识的，如同诗歌界的联合国，几乎在每个国家都认识一个或几个代表性的诗人。我好像张骞出使西域或者麦哲伦环球旅行一样，在跟世界各国诗人的交流中，逐步融入世界诗歌界。

我从翻译纽都然·杜门的诗集《伊斯坦布尔的脚步》开始，逐步开始翻译我读到的好诗，后来翻译了费尔南多·伦德的这本《理想国的歌声》和瓦迪姆·特里金的《太阳中的黄金鸟》。《理想国的歌声》大多转译自乌拉圭女诗人劳拉·查拉（Laura Chalar）的英文诗作，也有部分是通过智利诗人罗伯特·艾多帮助翻译自西班牙文的，由于我们共同的世界主义追求，许多翻译几乎是心领神会。

费尔南多·伦德，是哥伦比亚著名诗人，是西班牙语诗歌界代表人物之一，是麦德林诗派创立者。1951 年 7 月 16 日生于哥伦比亚麦德林。他是麦德林国际诗歌节的创始人和主席，是诗歌杂志《普罗米修斯诗歌》的创始人、主编，是世界诗歌运动协调委员会（WPM）总协调员。他从 1968 年开始，先后做过《舆论报》等报的记者，1982 年创立诗歌杂志《普罗米修斯》和世界三大诗歌节之一的麦德林国际诗歌节，并担任主席。1988 年创办诗歌杂志《意象》。1996 年创建麦德林诗派。2011 年创立世界诗歌运动组织，并担任总协调人和官网主编，多次组织全球诗歌运动，多次参加世界各国国际诗歌节。他著有《反历史》《在其他太阳下》《鲑鱼图案》《放射性问题》《红树枝之歌》《漂浮》《可见和无形之间》《世界上所有的爱之歌》《蕾姆包德车站》《书写未来的古老石头》等诗集。他的诗歌被翻译成英文、中文、法文、葡萄牙文、意大利文、希腊文、德文、瑞典文、阿尔巴尼亚文、克罗地亚文、加泰罗尼亚文、罗马尼亚文、越南文、孟加拉文、印地文、乌克兰文、阿塞拜疆文、乌兹别克文、阿拉伯文等多种文字。他曾获得诺贝尔替代奖（Alternative Nobel Prize）、美国反战国际诗歌奖、哥伦比亚共和国勋章、穆基瓦人道主义奖、第三届博鳌国际诗歌奖等多个国际文学奖，在全球具有广泛的影响力。麦德林曾经是哥伦比亚的“毒品之城”，如今通过麦德林国际诗歌节，成为“诗歌之城”，这就是诗歌的强大力量。

我翻译的他的这本诗集《理想国的歌声》获得了第三届博鳌国际诗歌奖之杰出成就奖，由中国作家协会原副主席、著名诗人黄亚洲先生宣读授奖词，黄亚洲对他的诗歌有很好的概括：“费尔南多·伦德的诗歌，根植于深深的人类文明的传统，运用各种文明元素，构造出一个全新的人类乐园。他的诗歌有着强烈的抒情与思辨色彩，反思战争与和平，黑暗与光明，神话与现实交织。他试图让自己的句子有根扎入泥土的坚定与结实，面对动荡的世界，他用诗歌盘点着现实与人性。他是生活灼热的歌者，面对生存的那片土地，他始终与正义和良知在一起，诗歌在他那里，有时就是活泼泼的‘政治’——在句子与句子之间，是大海与大海的澎湃，有些句子甚至与生活零距离对接。他的诗中有人民对民主的维护，人民对人性的追求，人民对自由的探索。这跟他自己一生所主持的麦德林国际诗歌节，以及后来着力推动的世界诗歌运动，都一脉相承，所以他同时是一个诗歌实践家，希望人类在诗意中走向理想国。他的诗歌既气势宏大，主题严肃，也有细腻、浪漫及准确的艺术感知力。高，能高到天上去；低，能低到人心里。他在不倦的书写中，传承并光大了西班牙语诗歌的浪漫与神秘。”

由于新冠疫情，费尔南多没有能够亲自来领奖，不过发来了视频版的获奖感言《诗歌是和平的力量》，他在获奖感言中说道：“我生活在哥伦比亚第二大城市麦德林，这座城市正遭受准军事组织暴力和有组织犯罪的严重影响，这正需要全世界的高度团结。正是在这样的世界，涌现出了一股充满活力的诗歌力量，表现在麦德林国际诗歌节的创建和连续三十年的发展中，以及 2011 年以来世界诗歌运动的蓬勃发展中。我们面对的是，这种创造性精神能量的不同寻常的表现，这种热爱诗歌并在诗歌中找到庇护的人民的沸腾，而在那里生命和人权却被禁止。这告诉我们，人们想要自由和生命，他们的语言就是诗歌，他们不愿意接受被忽视、压制或消灭。人民是语言的源泉，是意识的源泉，是人类几百年历史积累下来的财富的源泉，我们对人民和生命都是亏欠的；诗歌在世界上的兴起，证明了人类把诗歌视为反映、揭示和捍卫生命的宝贵财富，这构成了它对传统的深沉记忆和对未来的崇高梦想。在我的诗中，对存在和生命的深刻动力，对祖先神话的记忆，对现实和梦想的抵抗，以及对未来的强烈希望，都平等地存在。我对人类的命运充满信心。诗歌是一种美好而自然的文字和图像的组织，它反映了所有人的生命和自然元素的生命，所有这些东西都不能保存下来，除非它们处于纯粹自然的状态。”

我在刚融入世界诗歌运动中时，写了一首《我们的一个梦胜过十万种人生》献给他，翻译成英文发给他，获得了他的高度赞誉。

人们从四面八方赶来
如同河水倒流到高地
如同灵魂回升到星空
从华夏从印度从波斯
从希腊从埃及从犹太
从耶路撒冷从瓦拉纳西
我们也从容抵达
从敦煌从巴比伦从撒马尔罕
我们抵达穹顶弯弯的殿堂
高高的石柱托举到天空
他们从六个门进入
我们从穹顶降入
华夏人用华夏语说黄帝

希腊人用希腊语说宙斯
印度人用印度语说因陀罗
犹太人用犹太语说耶和华
埃及人用埃及语说太阳神拉
波斯人用波斯语说马尔杜克
他们争论不休
我们听不懂他们的语言
却知道他们在说什么
我们诵读一首《通天塔之歌》
舌战全世界的人
他们全都被震撼
在日和月的照耀下
苏美尔人跟阿卡德人相拥
黄帝部落跟炎帝部落起舞
克里特人跟迈锡尼人嬉戏
达罗毗荼跟雅利安人歌唱
伊特鲁亚跟拉丁姆人干杯
他们上前跟我们握手
长天使梅塔特隆上前歌唱：
你们的一句话胜过十万卷图书
你们的一首诗胜过十万种语言
你们的一个梦胜过十万种人生
我是密特拉我是弥勒佛
我是长天使梅塔特隆如是说
我们从穹顶飞起看到
周围林立的石柱是阳具
我们柔美的穹顶是阴具

长天使画下了梅塔特隆立方体
万事万物的秘密都在他们中间
人们都骑着双头的马在奔走相告
从巴比伦出发
到长安到洛阳城到北京城到南京城到京都城
到罗马到拜占庭到莫斯科到维也纳到柏林城
到纽约到洛杉矶到马丘比丘到特诺奇提特兰
我们的这次集会胜过十万次大会
一切从这里开始，一切从这里结束
我们终将看到我们的子孙遍布世界

这本《理想国的歌声》，是费尔南多的代表作，翻译完成后获得了广泛的好评，中国著名评论家、北京师范大学中国当代新诗研究中心主任谭五昌高度评价费尔南多的诗歌，在很多场合分析过费尔南多诗歌的世界性，作为评委多次推荐其参评各种奖项，这本诗集也获得了第三届博鳌国际诗歌奖杰出成就奖。如今北岳文艺出版社将这本书列入翻译丛书，在此深表感谢。

曹谁

2021 年 12 月 18 日于北京

目录

第1辑 | 我们将会是新人类

第2辑 | 反历史

第3辑 | 在新的太阳下

第4辑 | 火星田野上的歌曲

第 5 辑 | 在我的记忆中

第6辑 | 红树枝之歌

附录

第1辑 | 我们将会是新人类

天空之旅

诗人一口气写下了一切。

——迪伦·托马斯

时光短暂，奋斗永恒
几个世纪会以一次心跳总结
每个人的共同祖先都在争论
可是依旧在血脉中没有达成秘密协定
每个小时都在做决定
每个瞬间，都为揭示
闪电让世界温暖
我们醒来：梦在元素中漂浮
在人群的气息中，我们也是风的，就像水是睡眠
我们是在天空旅行

发现

如果我们为爱而燃烧：
火便是水，也会饥渴
此时突然感觉到光。

水冲破恐怖多变的心结，
耐心地穿过王国大坝的墙壁，
在你渴望的天空中滑行。

小心用泉水填满你的钻石罐。

在那里男人和女人在唱歌，
在武装的字母和成群的盲人包围之中，
当和平像野花一样生长时，
水在瞬间变得焕然一新。

如果我们为爱而燃烧：
一个新的时代是由童年的笑声播种的。

我们走在绿色和红色的草地上，
穿过柔软的云朵和天上的鸟儿，
就在我们到达极光的高林之前。

在我们身上它唤醒了一个宇宙时代诞生的土著民族。

起源

大风的记忆飘荡，
在你甜美的瞳孔里，
一个星座在呼唤。
当聪明的特洛伊人还在这里时，
他们不知道这匹马是什么意思。

在古老的石头城墙之间，
士兵们继续杀戮和死亡。

快乐的人们穿过剑林，
把他们的孩子从战火中带到喷泉。
旅行者曾经在此饮酒。
据说它们用翅膀多过用双脚前行。

新的太阳

兄弟，你必须知道，
这里有和地球年龄相同的生物。
他们掀开梦想的面纱，
盯着它的脸，
驱走那阴影，
在无意中萌发世界。

他们的语言来自天空，
梦想的鸟儿大声呼喊，
向黄金之王宣战。

这里还幸存一个光秃秃的黑暗村庄，
远离烈火之乡的黑太阳。
瞪羚在红狮子中间吃草，
孔雀从羽毛上睁开眼睛。

数百年来数百万人在这里受苦受难。
他的手在哭泣的三叶草上放一把十字弓，
金色的耳朵从花海长到传说中的麦田。

在这里许多人被锁在自己的房子里，
汹涌的心释放了压抑的梦想。
生命不只是缓慢地走向死亡。
一个新的太阳用他的光穿透我们。

斗争

一个接一个，
我们的灵魂把这个世纪拉得更远，
我们虽然已经死了，
但只是死了一点点。

我可以很清楚地看到，
时间会很晚很晚，
会有雕像和雨水，
会有泥土和鲜血，
会有对无辜人民的屠杀。
推迟破坏防火带的走廊，
意味着永恒或死亡。

国王只是虚构的叙述。
这种痛苦白白持续数千年。
时钟发明的时间只是一个错误的寓言。

我们的人民就是巨人，
我们去到另一个天堂，
用我们的双手创造正午。

从极乐世界的高度，
我们的每一层都闪耀着光辉。

我们是沉默和疯狂的爱情。
我们是盲目猎人的护身符。
他骚扰我们的心，
像麋鹿，像平原上的斑马。

当信息传来时，
我们几乎感觉不到我们是别人，
我们非常接近，
我们就是明天。

决定

我们不会接受这个石头和骨头的沙漠，
狮身人面像聚集在这里，
用威严的眼神强迫吞下毒药，
见证童年的定罪和死亡，
见证大水的屈辱和尊严，
以及禁止秘密目标飞行的死刑，
受几个世纪狭隘教条束缚的景观僵化。

我们绝不会妥协，
即使我们的心因此更加劳累，
在我们手中的陌生工作中耗尽一部分光，
剥夺我们的梦想，
因为我们睡得很累，
爱的花朵最终枯萎，
对生命的千年无动于衷。
每个人都情不自禁靠近陷阱，
在饥饿中他们不会选择从地上捡取面包。

光将会在不到八分钟内占领国王的全部土地

这一天将在这些街道上到来，
用你的手指擦拭盲人的眼睑，
在你从未见过的草地上跳舞，
在金色的麦田上跳舞，
一个圆圈又一个圆圈。
当人们升起的那一天，
作为一种光的入侵，
将会在不到八分钟内占领国王的全部土地。

和谐的日子，
像土星的环状歌碟，
像水中的千军万马，
像浑身发光的鹈鹕，
像嘴中喷火的生物，
当凡人从坟墓里走出，
以生命的名义恐吓那些
数百年来播种尸体和死亡的人。

安布罗修斯[1]的话

生活必须改变，亚瑟。
你的金杖和银剑
是一个不值得保存的王国的象征。

形状随时都会改变。
现在你必须深入梦想的海洋，
坚决站在那里，
在秘密中闪耀。

在那之后避免仇恨的强烈影响为时已晚。
如果你继续忘记，
一只巨大的黑鸟的影子
将不可避免地会遮住你。

那里的森林令人费解。
这里是我们的永恒。

---

① 安布罗修斯（Ambrosio），为公元5世纪的英国军事领袖安布罗修斯·奥雷利安纳斯，可能是传说中的亚瑟王（King Arthur ）的原型。亚瑟王是传说中的古不列颠最富有传奇色彩的伟大国王。人们对他的认识更多来自凯尔特神话传说和中世纪的野史文献。传说他是圆桌骑士的首领，一位近乎神话般的传奇人物，被称为“永恒之王”（the Once and Future King）。

——译者注

拨动着竖琴的琴弦，
让你的心像迷人的夜晚逃跑的马一样膨胀。

准备好与你所爱的
被击败的军团并肩作战，
一定要打败他们。
在地球上，你和他们，属于彼此。

谁能减轻痛苦

也许当他打开这一页书的时候，
他会一直保持沉默，
不值得在路上休息，
来伤害沉默的根源。

羔羊的毛不再流血。
在凉爽的花坛里，
他一直都不理会，
任凭大树疯狂舞蹈，
根本看不见我们。

也许他毫无理由地崩溃了。
他抢劫面包，喝酒，怕死，
所以他既渴望又害怕。

现在你将听到雨点的轻柔涟漪，
它改变了古老的节奏，
展现了重生的太阳。

最后为什么要站在历史的阴影下？
如果每个人最终都死了，
他算盘上的年龄是多少？

它让海浪陆续抵达它的海滩，
朝着梦想不可言喻的胜利前进。

疯狂的爱

现在你可以爱我了。
你一定感觉到我的灵魂在寻找你。
它使我们不再害怕自由。
他们杀死了我们!
做梦的人在各方面都是危险的。
每天早上醒来我们都遵循同样的规则。
因为，亲爱的，是土狼的密码侵蚀了我们。
看着一群水牛在快乐的草原上自由奔跑。
他看到那些银色的飞机向村子里投掷毒气，
残疾的孩子们目光迟滞地转过头来。
在实验室观察本世纪最有效的氰化物。
你可以听到世界在地牢的墙壁之间徘徊。
我梦想着用疯狂的爱情来颠覆死亡的戏剧。

风暴

当城市在疯狂游行中欢呼时，
小丑们在舞蹈中挥舞着疯狂的爱情旗帜。
躲在美国的那个孩子看到他
回到了低矮的老推销员身边。
你可以看到那些你渴望的红族人的仪式舞蹈。
它穿过画地为牢的街道，
穿过阿拉伯半岛甜蜜的巴勒斯坦，
戴滑雪帽忧虑的母亲，
妇女们戴着太阳面具，
年轻人在战争中赤身裸体。
评论一个多月前你在这里的意义。
当城市在疯狂的游行中欢呼时，
我对火的渴望被深爱着。
拥有一个不可能的武器库，
欲望把我们的疑虑都掩盖。
你的爱：
我胸前的光，我唇边的酒，
百年的大水，翻腾的大地。

等待警告

我们唱的不是不能旋转的空中太阳，
而是河上不可逆转的向日葵的太阳。

土地为我们而开花，
不是为它的主人。
物种不会崛起，
刽子手会想到我们的邪恶。

断头台上溅满了鲜红的血。
在这片声名狼藉的土地上，
有大批人在忙着粉碎生命。

我们被指责承担了一项极端的任务，
一项艰巨而辛苦的篝火旁的守夜，
诗意科学的语无伦次的语言像星河一样流动。

在草地上等待着，
我们来到你身边。

第2辑 | 反历史

梦中的合唱

甜蜜是天空中的颜色
还有大海的蓝色脸庞

但你的形象更加甜美

下雨的歌声是甜蜜的
还有森林舞者的低语

但我们的歌声更甜美

声音

我去过遥远的银河系，
坐在墨丘利[1]的宝座上。

——德尔·汉内斯·塔里辛

命运，每千年一次，
震撼梦想的彗星，
催促着幻象狂奔。

我们将听到她温柔的声音，
暗示狂怒的暴风雨将停止。

它们轻拂着我们的皮肤，
就像微风的波浪，
神圣的文明之光，
在我们的每一个地方和每一秒时间中飘荡。

他等待着宇宙为他的孩子们呐喊，
他们在理性的合成迷宫中迷失方向。

---

① 墨丘利，是罗马神话中众神的使者，以及畜牧、小偷、商业、交通、旅游和体育之神。他是朱庇特最忠实的信使，为朱庇特传送消息，他行走敏捷，精力充沛，多才多艺。

——译者注

风景

我参观流亡的历史。

在我被放逐的时候，
好像狂风吹过，
看见无尽轮回。

成群结队的侵略者和奴隶接踵而至，
神话中的巨兽和探险家们蜂拥而至，
在暴风雨的轰鸣声中相互发现，声称至高无上，
男人和女人准备微妙的毒药，编造诡计，
用高级智慧来武装死亡的手臂。

在我明亮的玻璃窗前，
有瘟疫和邪恶的恐怖，
为教条而进行的野蛮种族灭绝战争，
以及肆无忌惮的毁灭。

然而我决定关闭所有的格子，
这样我就不会看到你的失败，
叛徒式的绝望自杀。

手相

每一个世纪都有爱存在，
你看到男人拿着枪等着。
——题记

手上写着拉丁字母M
谁拿走了桃树的浩瀚
抓住，抓住，阻止，阻止
拒绝轻柔摩擦的手

用看不见的手感觉
手心中有手伤
手心中有手杖

那只记得命运的手展开
像蚂蚁一样数不清的人
穿越时间的手

用看不见的手感觉
手心中有手伤
手心中有手杖

束缚爱的手
死亡之手

僵硬的手
脆弱的，苍白的，贫瘠的
接受银币的手

把那只手给我看
我会告诉你在哪里
如何结束你的生活

非洲

你去旅行，不要移动。

——题记

尼亚萨湖[①]有老虎的节奏，
严重受伤，陷入混乱。

河水永远不会超过自己。
他的同类在无声的咆哮中死去。
只是他立刻成为一个凶猛的猎手。

他必须醒来的噩梦，
源于他靠近人类的铁路线，
改变了他内心的歌唱方式。

你再也听不见呻吟。
他像冰山一样麻木，
除了无边的空虚，
什么也不会闻到，

---

① 尼亚萨湖（Nyassa），即非洲马拉维湖，尼亚萨是旧称谓，位于非洲东非大裂谷南面，为马拉维、坦桑尼亚、莫桑比克包围，为非洲第三大湖，是著名的非洲名胜，以湖水可以自行消长闻名于世。

——译者注

远离他的魔法森林。

只有一个像尼亚萨湖老虎之夜的银色月亮
迅速升起的密集图景，
一个迟来的偶然结果，
才会本能地让他回归
在致命时刻成为他内心的感觉。

他将再次睁开眼睛，
听到他生命中最长的春天的宣告，
燃烧的太阳麻醉他的伤口，恢复平静，
喜悦像白色的水从他胸前缓缓地滴下，
永远灌溉着他的身体。

愿望

反对死亡，欢乐的合唱！

——波菲里奥·巴巴雅各布

如果这是可能的，
如果梦想实现了，
你对着天空说。

如果躺在地下的东西能够升起，
如果他的太阳爱着我们的土地，
如果这一切实现了。

如果我们能够相互认识，
如果我们不依附于外在的联系，
如果我们能够经营管理好这里。

如果那一刻真的到来，
如果那凶猛的欢乐侵袭我们，
如果有人能够穿越最后的凶险。

如果我们彼此相爱，
如果我们建立了那个国度，
如果你们回来永远和我们在一起。

命运

想象受伤的鸟之歌。

他的羽毛由铅灰变成天蓝，
由金色变成血色，
跟青草齐平。

想象雄鹰在碧空中的飞翔，
当他在看到猎物时，
就会旋转而下。

当充满生命的伤口在靠近鹰爪，
美丽在寻求致命的死亡，
希望在寻求磨难的变数，
他们依然悬而未决。

然而即便冒着因果断裂的危险，
也要想象诗歌之手会触摸到坠落的猛禽，
把致命的死亡带来，
因为爱情注定会抵达预定的约会地。

吓走成熟

适用于严重症状
你几乎总是隐藏
让你考虑投降吧
不诚实的部分或全部!
——题记

聪明、狡猾的原因，
一个老妇人在她的摇篮里
压迫着黎明的童年，
且离开镰刀一会儿。
闭嘴，让自己活下去，
现在请听我说：
所有的恐惧都来自你，
不要大声地呼喊啸叫，
一切都在悄悄地低语，
一切都在不停地移动。

愿你安息，愿死亡滋润你，
宇宙不适合你的头脑。
你说得太多，你说得太多。
震惊你天真的礼堂，
你脸色苍白，浑身发抖，脉搏颤抖。
睡吧，让醉酒和疯狂睁开眼睛。

一些诗人满脑子正统观念，
否认万事万物原本的光辉。

聪明，狡猾的原因，
让它们充分扩张你的肺，
愿鲜血和梦想平静地环绕着他们。
它允许地球跟着存在和感知一起旋转，
关注神秘的常年孵化。

最重要的事实是，
因为你害怕自杀。
诗歌和爱情不应该被肢解，
徒劳地试图了解他的秘密。

反射

他梦见他很害怕。
男人失去了控制。

他梦想着将众生和祈祷联系起来的变形。
塞莱斯特夫人随后照亮。
进化，革命，燃烧的联盟。

他梦见自己与水母有着致命的联系，
水母将水母同化为石头。
另一种敌对情绪爆发，
更多的绞刑架在升起，
愤怒的瘟疫疯狂蔓延。

梦想着天堂的到来。
只有在这段时间里，
才有可能坠入爱河，
去颠覆致命的现实。

他梦想着这个物种的呼吸会消失。
亲爱的，保持沉默，如果她醒了，
她会在深渊的脸上看到她自己的脸。

让它像那钟摆一样，
再次摇动你的幻觉，
我们最终可以在其中获得自由。

收获季节

中世纪时钟的钟摆，
白色的潮汐，
欲望的蒸发和降水，
新月在等待，
摇摆和消逝会持续多久？

季节的循环往复，
无可挽回的回归，
拒绝遗忘的复活，
光明和阴影互相欺骗，
难道爱的代价永远是死亡吗？

尽管如此，我们还是
从太阳船走下，
利用这些骨头，
他们将经受新的战斗的严酷考验，
直到理性时代陷入最初的黑暗。

没有什么能阻止我们，
身体是地球，
梦想着星星，
我们将在里面和外面充分循环，
不断地跳过篱笆，

直到我们看到你葡萄园的光辉，
黑夜的女神，
来看看你甜蜜的形象。

仙女座

如果我们生活在闪电中，
这将是永恒的心脏。
——勒内·查尔

没有竖琴，没有磨坊。

它提到了一个在时代之井中产生的传统，
这座古老而无形的建筑的台阶永无止境，
这座通天的巴别塔永远不会完工。

因此我们每天晚上都应该躺在到达的看台上，
在空中女人的眼睛里喝水，
她从她的钻石罐里倒出
天鹅座附近的原始河流。

另一个传说得到阿拉伯和中国诗人，
中世纪凯尔特吟游诗人，
雅利安部落社区的证实，
它声称我们离一座宝石宫殿很近。

甚至有人说，
我们是阶梯，
它的口是一个火蛇湖。

但最新的版本声称，
一段意想不到的甜蜜转变已经开始，
就像一场白色的太阳雨，
被一种疯狂的爱所释放，
我不知道你是否能做到。

熔岩

火山口在风中点燃了地球的火焰，
水穿过它的墙壁攀援而下。

在火山喷发中，
它穿透时间的裂缝，
只在须臾瞬间工作。

用奉献点燃最高梦想的火焰。
那些寻找自己的人发现了自己，
温柔是新的种子和闪电之花的孵化，
物种在水下穿越这个看不见的国度，
在穿越这个国度时他们逐渐显现。

火山口里的野兽变形，
在几千年后弯下腰来，
已经有一盏灯点亮，
照亮了每一个存在，
每个被鞣制的矿物。
我们从语言的爆炸
回到了爱抚的独特方言。

当荷马的蝙蝠军团变成
天堂的鸟群的战争，

疯狂的野牛的战斗：
你会有什么奇迹？
你怎么能让轮子没有轴，
圆球状的乌云不碰它吗？

火山口里有一群游荡而分散的动物，
它们的本能并没有意识到，
它们在上游寻找宇宙的乳白色童年，
而在下游则潜伏在真空中。

在传说的中心

森林里的天空越来越高
红皮肤燃烧的电
当我们从世界的护城河
进入沉默的领地
飘浮在太空中的贝伦妮丝的头皮

我最最亲爱的
闪耀着你那难忘的歌声
在传说的中心
在那里爱和欲望将汇合
当战士的手停止犯罪
免得他与腓力斯丁人①一同灭亡。

---

① 腓力斯丁人，是公元前12世纪活跃的“海上民族”，曾经占据地中海沿岸的一个地区，包括现在的巴勒斯坦。以色列人就是跟腓力斯丁人战斗的，这也是巴勒斯坦之名的来源，后来腓力斯丁人在公元前5世纪神秘消失了。

运动

1

周期在不断更新
暴力与和平交替发生

里面的金子在变化

从源头到河口
一个月以前评论
节奏交替进行
疼痛使河床扩张

很难在不同的时间和地点出生

这是一条奔流而下的河流
光辉净化分布
轻轻拍打悬崖
前进的漩涡
无用的坚持
永恒的电流牵着你的手

它将你的干渴化作螺旋形的花朵
你在月球上奔跑

2

没有年龄的矿工已经进入你的水域
大水没过你的腰部
用奇怪的节拍洗净你的灵魂
一个又一个世纪过去
他们会洗去你的梦想
直到黄金和太阳合而为一
这样你就不会白白溜走
为了天地的身体

太阳女神

我是你的灵魂，尼科普蒂斯。

——埃兹拉·庞德

最后他们将放弃单调孤独绞动缆绳的工作，
摇晃的帆船愤怒地把大海拖到金色悬崖上。

在你笔直的道路上，
再也不会有来自乡下的盗贼，
也不会谋杀臭名昭著的兄弟。

不会有记忆，
疯狂的理由，
你会忘记死亡。
如果你能回忆起被埋葬的无法形容的回声，
如果你能够在没有占有的情况下夺回花坛。

但每一个夜间旅行者都有一个太阳女神。
吉尔伽美什在尼尼微泥板被举起之前
就已被诗人们四处传唱，
他像吟唱《鲁拜集》的奥马尔·海亚姆[①]一样

---

① 奥马尔·海亚姆（Omar Khayyam，1048—1122），亦被译为莪默·伽亚谟，波斯伟大诗人、数学家，代表作为《鲁拜集》《代数学》。

——译者注

爱着谣言中的葡萄酒站。
普罗米修斯在高加索山的夜晚感受到蟋蟀之前，
也经历了那瞬间不朽的春天。
哥伦布首先推断出地球的肉感圆润与他的爱人，
包括肥胖的女王的相似之处，
还有超现实共和国的工程师。
所有的探索者都有，
他们的贝亚特丽斯、迪奥蒂玛或纳贾[1]，
拥有或被他们那个时代最美丽的女巫附身。

但每一个光的炼金术士都有一个太阳女神。
你温柔的贝多因人，
当你渴望在某个秘密的地方，
在星空的圣火下，
在旷野间行走时，
一个眼睛闪闪发光的生物会掩盖你的干渴，
溢出你的罐子。

---

① 贝亚特丽斯、迪奥蒂玛或纳贾，都是诗人们灵感来源。贝亚特丽斯是但丁的梦中情人，他的所有诗歌都写给她。迪奥蒂玛启示苏格拉底“爱的哲学”，是柏拉图式爱情的起源。

——译者注

土地

我凝视着你的美丽瞳孔，
像一个梦寐以求的善人。

故事从你的身体开始慢慢讲述。

因为你的遗忘，战争爆发。
因为你的爱情，他很平静。

就像披风把你纤细的手展开在阴影里，
宇宙按照我们的弦滑向生命，
一条星星流淌成的河流。

春天的女神：
让这些肢体充满活力，
让我们的心胸更宽广，
让我们的歌声更柔和，
让古老而崭新的光之果发芽。

通过秘密渠道

每一次痛苦之后，
我们都会用同样的锤子重击对方。

在日晷发明之前，
我们就通过秘密渠道让自己升起。

树跳起来，回到根上，
然后重新开始它们的飞行。

虽然我们不再记得，
但有一个海洋时代，
我们自信地在贪婪的虎鲸之间潜水。

我们是土生土长的土著，
雕刻恐慌面具驱逐海盗。

我们是贝都因人，
骑着高大的骆驼，
伏击仇恨的商队。

我们去唱歌的村庄，
清理他们留下的弩，
当新的火焰开始燃烧的时候。

在日晷发明之前，
我们就通过秘密渠道让自己升起。

老萨满已经宣布了健忘症，
现在他给自己一个混合物。

这并不能解释为什么，
我们在等待未知的东西时犹豫不决，
而未知的东西永远不会从外面进来，
因为即使它在我们身上被忽视，
它也会生活和梦想，跳舞和欢笑，
画家在早晨使森林变成绿色，
炼金术士用葡萄酒兑换极光，
摩天轮的解放者——
一个云端战士，
他深情地点燃了风的火花——
他是魔法的高超工匠，
他的手见证了这首诗。

我们站起来

由于在这个石器时代宣战，
水不再侵蚀表面的坚固性，
因此水破坏了固定性的幻觉。

我们生来便活着，
我们可能会灭亡，
但似乎什么都没有结束：
巨大的炼金术依然在这个感官的地中海，
在那里传说周期的结束被宣布。

每一个钟表的时间
都是在每一个小时的最后一个钟表上：
一个透明的钟表，
一个光芒或沙漏的钟表，
一个简单的痛苦机制的钟表，
一个看着我们并修理舵柄的时间，
另一个文明超越了它意想不到的访问，
唱着歌打开了它的大门。

梦醒时分

此时此刻
像老亚瑟
我们将反抗所谓的坏疽

追赶东风
揭示回声的名字

收敛呼吸
玉石森林的心脏

那我们就不会再互相射击
正是风华正茂的三十七岁
在瓦兹河畔的奥维尔小镇[1]

把更多的靛蓝应用于天空
照亮眼前黎明的深情凝视

另一种土壤养分

---

① 奥维尔小镇，在法国瓦兹河畔，是荷兰伟大画家梵高居住的地方，这里古色古香，风景如画，梵高在37岁时朝着自己的胸口开枪自杀于此。

——译者注

像红杉笔直的茎
另一种气氛是一种强大而温和的水果

不屈不挠的流浪者之歌
回到家园，回到家园
没有时间的快乐国家的摇篮

现实主义

在时间的迷雾中
无情地守护着现实的边界

他被判刑
一个不死的自杀者
永远上吊

禁止船舶
远离海岸和灯塔
躲避暴风雨
被恐惧释放

为了枪炮和柏木的十字架[1]
保存不可分割梦想的纬度
他们突然被唤醒，走向死亡

从那时起
诗人指责疯狂的诗人

你被嘲笑
仍然反叛
住在一个没有国王的王国里

---

① 枪炮和十字架，西班牙语俗语，指当年西班牙军队对美洲的征服和殖民。

那里有翡翠门
这是看不见的
通向一个古老的力量花园

审判

我在寻找隐藏的罪犯
我在玩弄我的角并唤醒邻居
我的鹿角是风的胃，光线在内部点亮
我制造隆隆的音乐，使智齿隐隐作痛
我只希望你像一只蓝色苍蝇
把你的瞌睡赶走
黎明像小偷一样来临
像钟楼一样狂吠
像一根绳子摇摆
太阳不是在等你把它关掉说晚安
我在我的角上写下了可怕的音符
很快一个像青蛙一样绿色的人
就会冲到街上
他的手像钩子一样紧握着下巴
请求宽恕

诗意

这首歌永远是新的
没有人用心倾听她
专心地在波浪中跳跃
如峡谷中不朽的回声
在西蒙斯山下
长城和金字塔已经被摧毁
保存在海洋合唱团中
被疯狂的阿贡人感知
太阳周而复始循环
在夜晚燃烧的尸体
神秘的树木在低语
声音被什么人加密
青草发芽的共鸣声
反复出现的哨兵睡在塔楼
画家的快乐花园发出旋律
波里米尼亚的歌声回到根部
隐藏着千万年都不变的主题
黑水晶中的狮身人面像之谜
表情发出语言
所有生物的本质
单调的节律伴奏
堕落而后重生的灵魂
疯狂爱情的自由精神

反历史[1]

如果奥德修斯对水手们装聋作哑
他会拒绝油蜡和桅杆

会在疯狂的歌声之后投入大海
那些女人的结局便会像一条鱼

就这样跨过了这个世界王国的高大门槛
在所有的地方都会爆发出新的爱情之歌

我们凡人会怀上有梦想的孩子
一批隐形战士将如幻影般出现

最无情的暴君会失去理智
侧耳聆听重新发明的鼓声

太阳和大风会恢复他们的感觉
这些都是给任性的盲人和聋子

---

① 《反历史》一诗是基于《荷马史诗》而写，《荷马史诗》分为《伊利亚特》和《奥德赛》，《伊利亚特》讲述希腊英雄们攻打特洛伊的战争，《奥德赛》讲述奥德修斯在特洛伊沦陷后，返回伊萨卡岛上的王国，与妻子珀涅罗珀团聚的故事。

——译者注

有人会从根本上治愈黑森林的旧瘟疫
在所有的纬度上都能找到本能的路径

啊，特洛伊城，被你自己放逐
你们的圣贤们会当众感到羞耻
还有凶猛的弯刀鱼在你的铁海滩上游荡

祖先形态

恢复你的祖先形态。
因为他们依靠我们。

它体现了黄金分割的传统，
神话的光辉带领你的脚步到郊区，
在那里你可以把露营的梦想和身体的贫瘠，
溶解在黎明的噩梦中。

它滋养了透明的叛乱，
在它的旁边，
停止了狩猎，
这场狩猎摧毁了信任的等待，
使草地变成了猩红色。

教他们如何提取物质，
从穿越远古空间的天体中
看看隔壁，看看里面，
在欢乐的罐子里饮下确定性。

恢复你的祖先形态。
因为这取决于我们。

咒语

阿里阿德涅[①]，
犯罪已经侵蚀了宝剑和天赋，
铁锈摧毁了他们。
在十一月灰蒙蒙的雨中战斗时，
在胸甲上锻造的工作。

太阳升起，照亮腐肉。
别管本世纪的智者，
他们的科学永远猜不到生命。
看守他们庙宇废墟的人，
灰蒙蒙地败坏了他们自己。
老年人的目光暗示着极度的漠不关心。
他把恐惧压在仆人的脊梁上。

---

① 阿里阿德涅是古典神话中克里特岛国王米诺斯的女儿，她的母亲帕西法厄生了一个牛头人身的怪物米诺陶洛斯，代达洛斯把它幽禁在一座迷宫里，并命令雅典人民每年进贡七对童男童女喂养这个怪物。雅典王子忒修斯发誓要为民除害，他领着童男童女上了克里特岛。借助阿里阿德涅给他的线球和魔刀，忒修斯杀死这个怪物并沿着线顺来路走出了迷宫。

——译者注

你把咒语给米达斯[①]这样的人，
把这个美丽的国家搞砸，
他们一喝酒就变成灰烬。

当红色的鹿穿过这座白色城市的大门时，
它解开了它固定在天空的感官陷阱，
在它柔软的骨头上渗透着美味的梦，
把不可分割的森林和意志带回到它的内心。

① 米达斯是希腊神话中的佛律癸亚国王，贪恋财富，求神赐给他点物成金的法术，狄俄尼索斯满足了他的愿望，可是他滥用法术，连他的爱女和食物也都因被他的手指点到而变成金子。他无法生活，又向神祈祷，一切才恢复原状。

——译者注

对抗（组诗）

1

用你的嘴唇轻轻地撕碎我
伊甸园的时间会慢慢回来
在我的瞳孔看着我的天空
你会看到历史上摇摇欲坠的卡拉贝拉
停靠在一个巨大的镜子码头
水手们最终会知道
他们已经到达顶峰
大风中的爱，声音中的爱
灵魂和赤裸的身体
剥皮的象形文字
变形的绿色树林
不可能的颜色和色调
心脏的起源
物种的心脏

2

想象文明是一个螺旋形的石头地牢
给感官蒙上阴影的集中营
明智的休息注定要做苦工
这个词被剥夺本质

这个渴望被淹没了
想象有足够的仇恨来毁灭世界
让痛苦和失败扎根
在所有生命的灵魂
决定性的冲动可以像蜡烛的火焰一样熄灭
想象自由的梦想意味着死亡

3

听着，只有你知道怎么做
因为时间不会再等了
我们可以立刻走出去
在解脱和喜悦中颤抖
让我们的理智如宁静的微风
当我们轻抚夏日的蓝色湖泊
在另一个月亮下恢复战争中疲惫的歌声

4

那些巨大的石像
痛苦的史前遗产
像公园里的雕像
冷酷男人的倒影
他们创造一种与皮肤、梦想无关的自然
就像那些死去的人一样

5

常春藤将再次摧毁它的城墙
发芽播种
随机变换
照亮自己的身体
无法形容的爱上升到歌唱的中心

夜晚

沉浸在转瞬即逝的河流中
到达起源之地
饮地球的梦想
在它的元气中
不可简化的爱
命运锋利的箭
溃坝的地点和时间
让永恒在这里爆炸
在树叶的水滴里看到月亮
在蔚蓝的天空中
在我眼里你的蜜
在你口中我的爱
黑名单上的成员
在你的歌声中我的思念
黑名单上的成员
房间里的天堂

交易

我们看不见的生物在王国里清洗一天，
它会在太阳下熄灭来捍卫自己的原则。

王国，由梦想的敌人
建造的巨大的监狱，
从噩梦到狂喜。

沉默的守望台迅速升起。

希望的工程师在刀崖上架起云桥，
在燃烧的沙漠上建一个巨大的湖。

闪电探险队宣布天地内外，
在每一个原子中都是不朽，
他们用一块石头擦拭雕像，
去为狂野不羁的心灵庆祝。

秘密植物学

对抗冬季的氢气
对抗恐惧、麻痹、遗忘
为了冲淡惰性，增强种群，写这首诗。

恢复自然永恒的平衡
或者让一大群最亲爱的幻象出现
为了创造最甜蜜的机会写这首诗。

到达沙漏指示的世纪之轴
看到他们自夸的沮丧和死亡
这恢复统治的诗
这回归舞蹈的诗
在篝火的周围和中心
无懈可击的渴望
那首嘲笑逆境的诗
是裸体狂欢节的心。

创造新的世界和相反的传说
鼓励常春藤生长
让人们大口喘气
很快醒来的噩梦就不再是现实。

点燃火焰的诗
你找到的诗
记忆和融合。

圆圈

粗心大意的玛格丽塔娇嫩美丽的脚，
陷入一片以她名字命名的胶状沼泽，
吓得尖叫起来。

她抱着一个看不见的孩子，
整整号叫了将近八个小时。

在倾盆大雨中，
只能听得出地狱这个词。

微风和春天，
同级陪审团，
默默地谴责她的刽子手。

树木跳跃着，诅咒着，
然后又回归它们的根部。

痛苦蜿蜒曲折，
疯狂侵蚀海岸。

远处：地球的时代。

神经被罂粟花茎刺痛了。

我们在耐心和无奈之间等待。

疯狂的植物蔓延，
我们却无法奔跑，
就像在噩梦中一样。

经过了终生的努力，
我们勉强维持生命，
处于人类荒谬的最底层：
一个猛然站起的醉汉。

身体在次日受到重创，
翅膀比以往任何时候都更加有力。

孤独

灌木丛向我低声诉说雨的声音，
“迪克，迪克。”

然后我醒来，成为寓言。
我是个被风咒骂的孩子。

绳索飞机颠簸着进入树林里。
我只是因为我的回声而受苦。

我看见树叶间有需要氧气的蛇。
然后一个小丑、一头骆驼和一头狮子经过我面前。

然后我的眼前出现前所未有的美丽形状。
太过美丽，无法看到。

轨迹

一切都在这里；
年龄，地点，存在，感觉。
他们从头到尾都在战斗。
白色和蓝色的海洋净化了睡眠的肺。
光沐浴着那些人的眼睛，
他们登上阴云密布的本能阶梯。
风吹过绿色的树梢，
把甜蜜的平原吹得干干净净，
那里有一个王国，
里面开着一朵花。
如蚁丘一般的星球结束了它的冬天。
这颗行星在银河系中穿过令人惊叹的地方。
让我们打开毛孔和窗户。

会聚

如同木头一般躺着，
我们的红树皮褶皱，
我们像在青草地上腐烂的水牛。

但是因为莫名其妙的随机行为，
如同青草中的蘑菇，
我们探索整个千年，
从史前野兽奔逃开始，
跟万事万物开展竞争，
是在永恒弧线下伸展百万年的生物，
当巨龙和渴望在云中大战。

太阳在呼唤。
犹豫就是死亡。
飞翔，飞翔，美丽的欲望天鹅，
每件事都能够实现。

在白色的露珠上行走，
脱去你们的鞋子呼喊：
人类的时代是传说中的森林上的凝视。

厄琉息斯秘仪[1]（组诗）

1

现实不在那里
他不在的地方不会死
这是一个没有时间的时代
这是我们一生居住的地方
在地球的身体和灵魂里

2

上古的传说是这样讲的
另一个人经过我们身边
如果你说你可以忘记
如果发生，必须保留

---

① 厄琉息斯即今天雅典附近的埃莱夫西斯（Eleusis），以厄琉息斯秘仪闻名，是古希腊崇拜农业神得墨忒耳和冥后珀耳塞福涅的秘密教派的入教仪式举办地。厄琉息斯秘仪被认为是在古代所有的秘密崇拜中最为重要的。这些崇拜和仪式处于严格的保密之中，而全体信徒都参加的入会仪式则是一个信众与神直接沟通的重要渠道，以获得神力的佑护及来世的回报。

——译者注

3

言语能够引发战争
言语能够捆绑死亡

4

那想象的声音
像雪花一样的文字
未变性的逸事

在文字的坑
当他们脱衣服的时候，
他们会杀人

5

疯狂的舵手们
假装对世纪之爱发疯
拯救太阳轨道

6

不要跟着脚印走，
因为你已经学会
抓住手指间的水
重复意味着死亡

燃烧的森林

每个人都在做自己不知道的事情，
让每个人都相信他们什么都知道。
不尊重是从枪口说出来的。
这是深渊无声的声音。
恐惧凝视着燃烧的森林。
在贪婪的监视下使童年黯然失色，
它阻碍了物种的萌芽过程。
地球上只有少数人吃面包。
然而更大的力量不断生长，
花粉无形的爱继续前进。
让我们都准备收获，
撒下种子，结出果实。

给一个害怕死亡的人的信

我不会证明，
在坟墓之后，
我们会像商队一样在沙丘中前进，
那里不再有蝾螈居住，
即使镜子也不再反射出对它形象的沉思。

我不会证明
时间的琐碎反映
嵌入自私和理性的边界，
几百年前陌生人所作的承诺不会被打破。

我不会重申，
希望而不是确定性
将是唯一给予我们的东西。

盾牌的身体，
破碎的杯子，
将洒下美酒，
我们新的皮肤可能是
青草、肺脏、天空、
宇宙的思想。

生命是一场精力充沛的游戏，

任何不守规矩的人今晚都会死去，
如果他累积了自己，
那就绝不是偶然的。

人类为了和平在战争中分裂，
我们失去最初的天堂和大地。
所有的艺术都是一首怀旧的歌。

你不停地奔跑，
非常害怕死亡，
最后找不到钻石花园。

听着，鲜血在为童年而哭泣，
为世界上浓郁的悲伤而哭泣。

记忆

不再有我的，只有我们的。

——题记

我是一棵赤根的桤木，
在一年开始的时候，
一个世纪和一个千年的结束时，
我把种子吐到空中流动的艾尔达努斯河的水里。

这棵树在风中和地上生根，
在森林中向大湖靠近，
属于万物的狂野宴会。

我是一棵诅咒刽子手的树。
这棵树在聆听着所有年龄段的人，
遗弃的瘟疫和享受的快乐，
我所有年长的兄弟们的希望和幻灭，
黑暗的石器时代，鸟类在啁啾歌唱，
大树的汁液在未来的嫩芽中颤抖，
就像人类的眼睛从没有见过的一样油绿。

关于我，可以这样说，
桤木生活在人类肢解梦想、束缚感官
使丛林的翅膀成为不真实存在的时代。

我便是一棵桤木，
它的根在阳光下，
保护着旅行者不受伤害。

动物园
——写给孩子们

野兽就是笼子。

——题记

未来就像毛毛虫一样不遗余力地向我们走来，
过去是睡鼠在几个美丽的梦中打鼾，
希望是一只白色的凤凰在翩翩起舞，
我的渴望是被国王的猎犬追赶的一只鲜红的母鹿。

这座动物园是一座城市，
每扇门上都有钢铁笼子，
每扇窗户上都有把挂锁，
每扇窗户上都有锈迹斑斑的栅栏和眼睛。

在角落里，猿类否认自己是达尔文的亲戚，
夜豹长着灯笼般燃烧的眼睛，
鳄鱼像爱的忏悔者一样哭泣，
如旋风盘旋的蟒蛇有红衣主教般的胃口，
色彩鲜艳的金刚鹦鹉有着银行家的诗意，
鬣狗无精打采地在阴暗的日子里咧嘴笑着，
失去尊严的狮子游荡，
老虎的鬃毛如象形字。

人类在动物圆睁的眼睛里看着自己的眼睛，
许多狱卒被长长的锁链锁住，
等你长大了，帮我们打开所有的笼子。

第3辑 | 在新的太阳下

上游

在巍峨的黑色石墨岩群密布的上游
或在高大的金色院墙前内的绿草地上
在可见和无形的领土之间快速往返
带着宇宙盾牌的树叶虫
神圣如花之唇上的露珠

求你配得上生死
面对更高的危险

自杀是最好的选择
那些准备长寿的人
不知道下一个是谁

我爱你到最美的高潮
如果你想牢牢记住
旧石器时代的爱情
疯狂的爱情，
当布雷顿失去娜佳的踪迹时
他不配得到
愤怒地向世界的浪潮中走去

我的美人：
我的叶子在阳光下展开

我的一滴水经过四十个沙漠
我的愤怒之火已扑灭了杀戮
我的胜利之杯，飘逸的月桂
修正等待的树枝

欢乐

当我们经过巨大的斜坡前时，
一千朵浅色的花朵瞬间绽开，
蜂蜜从草的毛孔里渗出。
整个树林都在随风跳舞，
我们听到了星座的狂野之歌。
当我们在山顶第一次穿上生命的衣服时，
我们被笑声打翻在地。
高大的旅行者，我们来来往往。
我们抚摸滔滔不绝的谈话，
我知道你每一分钟的感受。
在恐惧和它的众多主题出现前，
没有什么比待在一起更重要了。
一个惊慌失措的警察在我们的脚步声之前
像影子一样逃走了。
我们带着露珠回来，
品尝着无尽的自由。

依然

坎帕努拉斯在草地上
等待我神圣的爱加冕。

绿色的秘密，
蓝色的秘密，
改变地球的属性，
痛苦的文明。

我固执的信仰是五彩斑斓的色彩。
我们依然可以在门槛上紧紧拥抱，
猛烈的旋转形成巨大的旋风，
提取每个时间和地点的精华。

他知道自己是危险的主人，
这使得恐惧的心瑟瑟发抖。

空气

就像果实拒绝从树上坠落
他们宁愿成熟，直到腐烂树上
直到被疯狂的伐木者砍倒

就像种子避免落入犁沟中
或者水牛永远在昏昏欲睡中
在中午单调乏味的牛群中

那些用尽一生力量的人们
惊恐地从内部突然推开门
当只有空气想从外面进来的时候

空气会在任何时候拜访任何人
空气今天到来，明天不会返回
永远是不请自来

因为，哦，种子
在泥土中生长并不是死去
自己永远需要解放
自由不是徒劳练习

谨慎中的一瞬清醒
预防对自己的任何外交手段

空气警告我们，空气从远方召唤
现在正在靠近
禁止他自己对死亡的呼吸

空气提醒人们今天是不存在的时间
痛苦是无止境的
就像狂欢的欲望
这永远不是礼物

在新的太阳下

你想在银河系的轨道上漫步，
看奇美拉[①]星球想象中的壮丽。

在另一个太阳下体验黎明的修复之触，
似乎在这里普遍歧视感情丰富的生灵。

你能把你自己单独排除在外吗？
一切都是呼吸相通的统一存在。

挥舞着鞭子回到深深的灌木丛，
不要离开航行日志边缘的基地，
让宇宙从你秘密的浩瀚中溜走。

---

① 奇美拉（Chimera），是古希腊神话中的怪物，本义是“母山羊”的意思。在赫西俄德的《神谱》中，它被认为是地母盖亚和冥渊神塔耳塔洛斯的孩子。它拥有狮子的头部，山羊的身躯和一条蟒蛇的尾巴。它的呼吸吐出的都是火焰，最后被英雄柏勒洛丰杀死。奇美拉也是幻想的象征。

——译者注

风险的确定性

如果我没有在永恒的焦虑中找到你，
如果在朦胧的空间里波浪永远停留，
被判入狱的痛苦，无可挽回的舵手
在一系列精神错乱的飞行员手中，
显现死亡的嘲弄性傲慢。

自私的人在甲板上近距离杀人，
如果你食言，港口就消失
在等待中，苔藓和地衣
把小屋的墙壁变成了一片被遗忘的土地，
没有渔舟或渔网和你想象中的这艘危险的沉船。

如果我突然在暴风骤雨中找不到你，
如果我没有学会在微风面前预测你，
用下午乌云密布的语言，用星星的字母表来解读你。

如果没有努力创造一刻又一刻让你回归的法则。

我们

一个新的梦想在荆棘丛中升起。

——题记

我是从死亡中复活的，
以前曾有人从那里回来。

我来自骨骼，
来自地球上坚硬的钙质，
来自石头的心脏。

我的根又回来。
每天我都会从失败中振作起来。
从我的眼睛看，
矿物帝国又回到绵延的流体中。

我死而复生，
因为我没有别的路可走。
我要去跳和声之舞。

一个超人般的女孩。
我来自愤怒和疼痛，
晒干的软骨，
痛苦的血瘀。

我是从死亡中复活的，
以前曾有人从那里回来。
回到我的身边。

正午

当沉默照顾着他们那嫉妒的守护者们时
别让湖边的管弦乐队发出更清晰的声音
因为你能够听到疯狂的钻头在四处流窜
在外面的乡间吹着他那畸形的死亡之歌
我觉得我体内有一个红色皮肤的部落
平原上的一个部落
像火之林，像光之林

时代

当铺的绿色女巫之舞
蓝色的树叶
和谐的正午
远离了疯狂
即时的客栈
关于玉米的温柔沉默

部落

记得在我身边有一个湖的时代
雨水慢慢净化了清澈的湖水
艾利索的宫殿矗立在上面
在旧石器时代的白色月亮之下。

记住拥挤的夜晚
蓝泥刺青的尸体
在宇宙岸边疯狂跳舞
直到黎明的白色归来。

在我身边你还记得
那闪耀的远古时代？
当男人的声音洪亮
因拒绝占有而被禁止
他们警告所有的人
不要理会吟游诗人。
这将需要很长的时间
离散，悲剧，遗忘。

诸侯

我们希望在血管中和平地循环，
尖锐的边缘包围着我们的行动，
我们的呼吸被空中暴力所切断。

我们要鼓励最基本的沉默。
残暴的野猪在主人的引导下，
仔细地观察着夜间的活动，
它们的鼻子因仇恨而裂开。

我们希望街道上有草，
小径上有美丽的鲜花，
醒来时有宁静的欢乐。
残酷的脚手架不停地升起以支撑压迫。

我们希望监狱的大门像白天一样敞开，
禁止痛苦，桌布上的鱼和酒。
湿润的刀子，温暖的剑戟，
瞄准了梅卡多广场臭名昭著的十字弓，
被谴责为荒凉和肮脏的街区的火绳枪。

正统

他们说，如果他们不吃，他们会死亡
即使他们吃了也会死亡
但他们更害怕饥饿而不是死亡
因为害怕饥饿，他们死亡

池塘

在这所黏土学校。
没有休息的承诺。

在被四月的雨水所淹没的草地上，
青蛙的叫声比荷马的传说更刺耳。

森林里痛苦的声音
把贫瘠而漫长的等待剥去，
直到死亡。

幽灵火车

这是幽灵火车的诗。
消失在隧道黑暗中的火车。
当我们即将撞上同一列火车时，
这列火车上的乘客尖叫起来。
这列火车是由同一位司机驾驶的，
他用他的机车猛烈地撞上我们的火车。
蝙蝠群盘旋的幽灵火车被恐惧所伏击。
火车像父母的罪行一样被黑暗笼罩着，
你不记得那条铁路了。
在一个巨大的公园里，
证明晨曦恩典的车队抵达死亡，
在一个巨大的公园里，
那里的生命是一个射击场，过山车，木偶戏，
这也是回家的地方。

重生的鸟

可能会有另一场大洪水
这片罪恶之地将再次下雨
日夜不停地下雨
血淋淋的时代和村庄
尽管如此，鸟会重生
你会忘记人类的悲惨收获
屈从于历史的顽固种族
强壮的手臂
会压迫致死
一颗温柔承诺的心

歌曲

它将永远是我们播种的地方。
你会跟着我们吗？你能疯狂地热爱人类的冒险？
你会跟踪死亡吗？不让他看到你胡说的臭嘴？
你会让世界疯狂吗？你会挑战智者对生命之理解吗？
你会再一次变形吗？你会永远在静止的状态漂浮吗？
我们可以看到你一瘸一拐地走到很远的地方，
听到你的哭声，
哦，伙计，即使你咬着嘴唇不去尖叫。
我们知道你否认你的本性，
诡计从来是赤裸裸的。
你可以看到你的伤口。

一代人

我们必须跟随自己
我们必须忘记故乡
我们不得不躲避文明的伏击
我们不得不炸掉理智的闸门
我们必须让巡逻队看不见
我们必须找到人生的地图
我们必须在这个鬼魂之乡找到风景
这是一个知道如何在此时此地出生和重生的问题

假面舞会

漫画在展开
冒名顶替者在危险的黎明前把手放在食物上
那些在死水中指向艺术的人
闻名遐迩的毒药炼金术士
那些认为犯罪是美丽的人
那些绕着灌木丛打转而否认果实辉煌的人
在这些贫瘠的纬度上存在的中性粒子
那些在虚构人群粗糙的脸上吐痰的人
那些不愿与死亡抗争的人
那些做白日梦的失眠哨兵
那些霸占风的所有权的人
那些戴着手套的隐形强盗
那些“从不厌倦观看士兵”的人
那些害怕租借面纱和开门的人
爱情的赝品

河口

世纪在我的胸口跳动。

——题记

时间对我们来说无关紧要。
一个食人者和一个士兵一样，
一个世纪和二十一世纪一样。
有人总是把匕首插在牙齿之间。

我们对边界漠不关心。
阿拉斯加、莫桑比克和塔希提岛
是我们最爱和最偏远的地区，
布拉格和巴格达也是如此。

我们是一个亘古不变的人种：
一直在口渴的人种。

绿色和蓝色的国家，
水和云的共和国，
在痛苦而血腥夜晚的梦之寓言，
不要从树上摘下危险的果实，
阳光的国度，种族的国度。

恩奇都[1]的使命

你们，克罗马农人[2]，我们的祖先，
安全抵达我们的沙漠时代，
不仅是存在于赫梯人的泥版。
同样生活在植物的精气中。

在今天的笼子里，
人类和野兽成群结队。
然后像从前一样拆解掉陷阱的碎片。
填埋起眼前的沟渠。
如风暴般冲入猎人的庇护所，
把他们的火药弄湿，
把带血的匕首折断。

---

① 恩奇都（Enkidu），是人类第一部史诗《吉尔伽美什》中的英雄，美索不达米亚地区苏美尔（Sumer）王朝的乌鲁克城邦（Uruk）之王吉尔伽美什的敌人和好友。为了回应苦于吉尔伽美什暴政的人民的声音，女神安如创造了恩奇都。吉尔伽美什和恩奇都以敌人的身份相遇，可是不久后他们就互相认同，开始了共同治国。得到了友情的吉尔伽美什渐渐地变化，使乌鲁克展现出前所未见的繁荣。

——译者注

② 克罗马农人，为欧洲晚期智人，发现于法国多尔多涅区的莱塞济附近的克罗马农（Cro - Magnon）山洞，如今已经灭绝。

——译者注

来跟牛群和鸟群痛饮，
来到市场广场和田间地头，
反复提醒人们记起时间之根的曲调。

在我们之间亲密无间，
在一块没有乌鲁克城邦压迫的独特土地上。
跳跃过边界，
在凝视中反射丰饶的承诺，
狂野的自由，
大地的元气和天空的元气，
将我们主宰。

他来了

抚摸和歌唱的亲密接近。
像白天的幻象一样上升。
然而顽固的怀疑被压缩。
因此我们可以将安息渗透到沉默的核心。
把你手中碗里的未来给你饮用。
在这个时代的心脏里建立新的呼吸。
把帝国的悲剧意图暴露在大庭广众。
让你的四肢恢复清晨的活力。
但这只是你的决定。
我们不能强迫你去战斗。

装运

这是我对命运的期望。
死于自然死亡的战争。
埋葬了这个石器时代，
天空从光中裸露出来。
愿你赶紧归来，
人类共同建立一个祖国，
在那里痛苦不能在阴影中碰触他们。
让我们沉浸在神秘的光辉中，
像酒一样散发出宁静。
我们可以梦想
而不必害怕被关在笼子里，
因为上升的爱看起来像犯罪或疯狂。
这是我对命运的期望。

隐形手艺

外面什么都没有，一个人都没有。
石匠们对孩子们的唠叨失去信心。
我像一根梦中的线一样
滑进了这个秘密的通道。
他们把秘密散布在房间的阴影里。
一次又一次的焕发新生，
宇宙充满不可能的生物。
一棵白色的树出现在树梢，
在树梢上开着闪烁的花朵。
一个喷泉的灯光把新鲜的东西洒在墙上。
凡你所盼望的，都降临到你身上；
凡你所诉说的，都变成有形肉身；
凡是要光临的，都要垂听你的声音。

意象

儿子，现在在危险中，小心点。
我们要用什么毒箭伏击她？
受时间所吸引，我需要下降，
固执的热情却驱使我上升。
我在地狱里寻找俄耳甫斯[①]的脸，
寻找那能软化石头
能驯服野兽的竖琴。
竖琴本身就像布兰[②]的无头歌唱和预言，
揭示新的地方、新的时代。

儿子，你带着指南针穿过火墙，

---

① 俄耳甫斯是古希腊神话传说中的著名诗人和歌手，住在古希腊色雷斯，他的父亲是光明之神阿波罗，母亲是司管文艺的缪斯女神卡利俄帕，这样的身世使他生来便具有非凡的艺术才能。希腊英雄伊阿宋取金羊毛时,正是靠了俄耳甫斯的琴声,才制服了守护羊毛的巨龙。

——译者注

② 布兰，在凯尔特语中为Bran，意为“渡鸦”，在凯尔特神话中他拥有预言万事的能力。英国的《马比诺吉昂》中记载，中世纪的威尔士领主布兰，因妹妹布兰雯嫁到爱尔兰受辱，率军出征爱尔兰。大战中布兰的脚因被毒箭刺中而全身瘫痪，于是他命侍卫将自己的头颅砍下，带回伦敦面朝战场方向埋下。虽然身首异处，布兰的眼睛依然可以看到千里之外的一切，头颅继续指挥作战，直到引领战士返回英格兰。

——译者注

告诉我，什么歌声会使发号施令的舌头瘫痪，
什么音乐会让你竖起的耳朵形同虚设，
我们在这个世纪会有什么异象来恐吓士兵们，
我们会用什么样的魔法网把死亡困住？

狩猎图像

失去视力就是消灭我们。
在金色的下午我们沿着疯狂的路线
通过未知的颤音，我们追查到它的踪迹。
正是这种对浓密图像的追求使它得以复兴
我们一次又一次地拉弓，准备射击。
但是一个阴影，记忆或花朵
独角兽再次被稀释。

疯狂

智者居住在这些雾蒙蒙的城市里。
这个咒语的秘密笼罩着世界，
他们永远无法接近。
他们在斯芬克斯①怪兽前行走，
盲目的人群在寻找人生谜底，
他能用手指把青铜变成黄金，
这是炼金术士的另一个目标。
他们不沉重，不可测量，不能定义。
猜猜星星和村庄的路线。
它们不属于时间的中心，
尽管传说在其他的时候
见过它们长着同样的脸，
用火药摧毁公国，守护圣火。

---

① 斯芬克斯（Sphinx）是希腊神话中一个长着翅膀的狮身人面怪兽，源自埃及神话，在哈夫拉金字塔旁边的狮身人面像是世界上最著名的斯芬克斯雕像。传说斯芬克斯坐在忒拜城附近的悬崖上，向过路人出一个谜语："什么东西早晨用四条腿走路，中午用两条腿走路，晚上用三条腿走路？"如果路人猜错，就被吃掉。后来俄狄浦斯猜中了谜底是人，斯芬克斯因羞愧而跳崖自杀。

——译者注

阿梅金

任性的时间
驱赶一群云彩
由于错误计算

为自己的孩子而战
沉默在蔓延着
点燃新的梦想

守护旗帜
知道欢乐的溪流
不要忽视栅栏的价值

回来吧，因为他知道重生
为了燃烧的欲望
在一颗生命的心上

随意

他即将到来
树叶的颜色在增加
我们毫不犹豫地潜入水中

在夜晚的红色云朵下
来来往往穿梭
你肆无忌惮的笑声震撼大地

看看我们的所作所为
这个大海的力量永远不会消失

全部

我知道树叶附着在树上

我也知道那棵树
当树叶变黄落下
蜿蜒在风中不灭

我知道森林没有害虫
当大树被砍倒的时候
不要被斩草除根

我也知道茫茫宇宙
以防森林被砍伐或烧毁
你可以永远活下去

遗产

没有人能占有这些宝藏，
他们属于更伟大的维度。
超过所有的常人的存在。
尽管如此，每个人都必须放弃它才能拥有它。

凭一种与生俱来的直觉，
它们会到达全新的空间。
迄今为止，这些空间都用高墙围起来。

一只狼蛛如同一个令人惊讶的陷阱，
一条毒蛇的嘎嘎声在空气中鼓噪着，
当一个继承人暴露他的贪婪或疏远他自己时，
会挡住他的去路。
满月在废墟上照耀。

一位身穿生锈盔甲的骑士从海上气喘吁吁地来到这里，
他像一只被腐蚀的钟一样发出尖厉的声音，
用他的剑在沙滩上画出一幅危险区域的地图
这是通往一系列未知国度的走廊。

在记忆中，轻快的帆船慢慢沉没
宗教，边界和他们邪恶的疯狂世界。

他们有一个发现中央房间的最后期限，
尽管时间像他的身体一样容易被拉长。
每个继承人都有一个中央房间，
要进入这个房间，
他们必须破译一种编码在他们身体里的语言。

他们接二连三地在深渊和毒液之间抛弃大堆宝藏。
下一个房间永远不可预测。

神话

首先是他们的孤独，
在理性和其他狩猎陷阱发明之前。

然后是边缘地带，
贫瘠的童贞状态，
卷发人类和深眠人类之间的古老纠纷，
他们砍伐了神秘的森林，
使它的声音变成了一片荒原。

尽管如此，他们还是互相寻找。

他们发现了三叶草小径，
蔑视自己的过去，
就像是一片废墟，
他们瞥见错误的条件，
遥远而缓慢的可能性，
以及凶猛梦想家的光芒。

然而那里忍受着沉船海洋中的鲨鱼，
千禧年结束时的悬崖，
在各个时代的旗帜下
杀戮或死亡迫切需要，
边界所产生的幻觉，

阻碍树液的未经修剪的杂草，
使感官变得迟钝。
它们是困惑的循环。

现在我们已经找到并认识了彼此，
发誓再也不会在巫师和天文学家的繁星下背弃命运，
他们的辉煌让所有的阿尔戈英雄[①]都黯然失色；
我们握住宝剑的海蓝色剑柄面对妖娆的美杜莎[②]，
带着蔑视不公的神态。

但在进入高潮之前，
在传说中的海选中，
在榛子树荫下的池塘里，
我们将洗涤幻想，
微妙而真实，
就像微风吹拂裸体。

---

① 阿尔戈英雄（Argonauts），是希腊传说中同伊阿宋一道乘快船“阿尔戈号”去科尔基斯（Colchis）的阿瑞斯圣林取金羊毛的五十位英雄。

——译者注

② 美杜莎（Medusa）是古希腊神话中的蛇发女妖，凡看见她的眼睛者皆会被石化，她居住在绕地环河俄刻阿诺斯的彼岸与黑夜之地相接的地方。这个妖怪最终被英雄佩尔修斯斩杀。

——译者注

普罗米修斯[1]之歌（组诗）

1

谁会对这次侮辱复仇？
几百年来都在流淌的泉水，
一张饱受折磨的脸在质问。

那些在世界上召唤死亡的脸，
从痛苦走向自由。

在无法解决争端的时候，
血腥就会被假定为理由。
人是征服者，也是被征服者。

---

① 普罗米修斯（Prometheus），是古希腊神话中的泰坦族的神明之一，他曾与智慧女神雅典娜共同创造了人类，普罗米修斯负责用泥土雕塑出人的形状，雅典娜则为泥人灌注灵魂，并教会了人类很多知识。当时宙斯禁止人类用火，普罗米修斯看到人类生活的困苦，帮人类从奥林匹斯山盗取了火，因此触怒宙斯。宙斯为了惩罚人类，将潘多拉的盒子放到人间。再将普罗米修斯锁在高加索山的悬崖上，每天派一只鹰去吃他的肝，又让他的肝每天重新长上，使他日日承受被恶鹰啄食肝脏的痛苦。几千年后，赫拉克勒斯为寻找金苹果来到悬崖边，把恶鹰射死，并让半人马的肯陶洛斯族的喀戎来代替，解救了普罗米修斯。但他必须永远戴一只铁环，环上镶上一块高加索山上的石子，以便宙斯可以宣称他的仇敌仍被锁在高加索山的悬崖上。

——译者注

无休止的暴力，
我们在一百年中各个时刻回望，
都能看到人们在全副武装中整装待发。

在深渊中，食物和领土被抢夺，
我们应该从这致命的环境中转移。

是心脏在离散和聚集。
不是思想在连接，是心灵在融合。

这是一个征兆在闪耀，
在梦中呢喃的暴力，
田野中长出的叶子，
这些征兆在爱情、青春和疯狂的口中唱歌。

2

所有的河流都流向大海，
那里的海市蜃楼解体。
这个地狱，不变和永恒，
对于那些没有发现反叛的人来说。
在城市和森林，巨大的火蘑菇。
爱的皮肤被肆意撕裂，
童年被扼杀在摇篮中，
沉睡被恐惧消解。

钟表紧张滴答作响，
过去的钥匙被埋葬，
现在被恐惧所破坏，
世界王国的未来坟墓被预定。
对死神的计件工作满意，
坚决地切断欲望的喉咙。

尽管如此，几百年来，
对内部大陆冰期的狂野抵抗，
大火会穿过时间，
所有物种的心脏。

这场遭遇密封了同谋，
最终会在现实中沉没，
使秘密能够显现。

3

他手上的火在第一天晚上就被点燃。
诗歌之火，这打破野兽围攻之火。
烤炙水牛的火使黏土迅速变硬。
熔金属为液体的火，
锻造锄头和宝剑，
这是爱和恨的火。
在艺术中心燃烧的火焰并未点燃亚历山大图书馆。
布鲁诺瞥见的人类世界之火并不是烧死他的火焰。
工业之火由煤炭、石油和工人的鲜血点燃。

燃烧心灵和推动飞机的火焰跟核弹蘑菇云的火焰不同。
努力改造大地而去宇宙中创造一个温暖的祖国的火，
不是消灭人类的火。
如同嘉年华的火不是机关枪的火。
诗歌之火，这打破野兽的围攻之火。

4

几个世纪以来代表们从四面八方
聚集到这张残破的桌子周围，
在纸牌上带着复杂感情冒险游戏，
博弈着生命王国的最终命运。

巫师将自己隐遁。
这对恋人遇到一颗幸运星，
即使他们被逼得走投无路。
是拥有王冠和死亡之王牌的魔鬼
在游戏中产生了不可抵挡的焦虑。
在外面这座塔还在倒塌。
若无疯狂而固执的视野，
任何文明都不会被建成。

时间就要走向尽头。
游戏者们互相以敌意相视。
这是凡人们的斗争，
因为在纸牌中他们博弈着生命王国的命运。

皇帝和死神又把所有的筹码都拿走。

不过依然有储备。
自然称其为存放。
月亮在空中打蜡。
被吊死的人微笑，
总是无懈可击。
试验仍在继续，
将太阳系转化成一个无拘无束的宇宙。
星座在游戏者头部附近降落。

诗歌从短袍的袖口里提取事件。
所以全世界都明白。
诗歌准备净化自己，
这是复活的必要活动。

在拉撒路[1]城

在被干旱和犯罪围困多年的城市里，
他们要求有声音：
来吧，我们的水，必需品。
从大雨中出来，
缩短最后期限，
把你手中的碗装满。
来填满水罐，
来唱歌跳舞，
淹没那干涸的河床，
救济被烧毁的田地，
履行你最初的诺言。
被鄙视者的财富如同镜花水月，
梦想的独特现实：
帆船、水手、海洋和大陆。
地壳移动。吱吱作响。
闪电穿透黑暗，
它雷鸣的声音向列国宣告梦想。
死人在奇迹中复活。

---

① 拉撒路是《圣经·约翰福音》中记载的人物，他在病危时没等到耶稣的救治就死去，但耶稣一口断定他将复活，四天后拉撒路果然从山洞里走出来，证明了耶稣的神迹。

——译者注

你终于到来，
我们的水，原始的水，
从红色的云中升起，
从秘密的源头升起。

洗毒水

诗不足以充当清澈的洗毒水吗?
一个魔法不会消除战士的愤怒?
古老的橡树不会补充诗句吗?
这首诗是乌托邦:
她不会化身为身体吗?
粗糙的心不会再移动。
商队一直在走向死亡。
但敌人也在明显的恐惧中拥抱。
顽固不化的尘土会使城市陷入纷争。
新的害虫蜂拥而至。
饥饿的声音不是美人鱼的歌声。
我们应该邀请什么新的人到来
在你认识我们之前?

所以诗歌足以洗净有毒的水。

第4辑 | 火星田野上的歌曲

战争

你总是有理由

你总是拔出剑
好像一个天使

然而当你拔出剑
你就成了恶魔

历史

我向一个陌生盲人描述了太阳。
他跟我谈过他那片未知的土地。
我还看到一个黝黑的陶工随意塑造和掰开柔软的陶土。
我迫不及待地忙于打破这些日子的曲折连贯性。
我不会为你的屠杀留下来。
（你的向导，是什么引导他们？）
我不喜欢它那渴望永恒的血海。
我为聋人歌唱：冲动的秘密在于知道如何离开。

人类

我见过
一个多月以前评论
吃水果

焦急地吮吸
在绝望中
压榨果汁

紧紧贴近
迫在眉睫
死神徘徊

溶解的时间

什么是隐形的主人
最纯洁的爱情？
有多少心渴望？
命名血淋淋的山谷
在压抑的夏天里
当你回来的时候
激起了飞逝的梦想
阳光下飘浮的树叶
在那轻柔的雨雾中

暴风雨

大雨倾盆
洗去血迹
让恐怖从记忆中消失
送我们你所有的寒冬
在被打败的背上挥霍冰雹
用尽你所有的光芒
我们终于恢复平静

时间

当黎明揭示一个新世界的到来，
幽蓝色的鸟儿在唱着花朵的语言。
光秃秃的桉树枝干在阳光下旋转。
当他们重新恢复他们的命运时，
那些吞没规则的人，
那些在常规祭坛上
庆祝自己影子的人，
那些有能力站起来
证明自己正义的人。
数千名被死亡征用的公民
正在等待发生在安第斯山脉
一条血流成河的山谷里的事情。
我在你怀疑的深渊里和你说话，
因为我紧紧盯着你，
我胸前的光之钟在滴答作响。

火星田野上的歌声
——给爱德华多·伦德

1

一个人躺在自己的心底，没有爱，
像一具尸体躺在无人的土地上，
浑身瑟瑟发抖。浑身瑟瑟发抖。
地心的土以其磁化的歌声吸引着他。

他想知道他是否必须同意这一庄严的命令，
或者他的意志是否能支持他回到
战争扼杀一切呼吸的地方。

永恒的怀疑在它盲目的痛苦中，
裹尸布像整个地球一样重。
现在几乎是一股无名的风，
很快它的泥土将无法辨认。
空气在颤动的树叶上流淌着雨水。

2

没有人会来抱他。
地球正在痛苦中。
小树林和幸存的鸟儿都知道。

他们知道世界在每个人的内心下沉。
这个人在太阳下躺了几个世纪，
不能或不知道如何去移动。
他只是躺在那里，没有爱，
就像一具尸体躺在无人的土地上。

3

在他的记忆中，伏击再次出现。
时间埋葬了秘密，宇宙慢慢失去了它的辉煌。
这些交易属于地狱——因此森林变成了沙漠。
一次致命的机会把土地交给了军队。
火和风使城市化为尘土。
酒被糟蹋了，梦被驱散了，爱被冻结了。
记忆回到一个躺在自己内心深处的人身上。

4

在反映海洋诞生的镜子碎片中，
他看到了燃烧的平原和贫苦的面包，
折磨者和它的猎物在他们阴沉的任务中交替。
祖先们把声音塞进他的耳朵中：
你会屈服于你所恐惧的幻象吗？

守夜

不朽是我们的生命状态
在时间的渴望中抛弃我们。

一个多月以前评论发出
总有一天我们的血会回来。

要小心你的四肢
他们回到露水里。

永远的孤独

回到宁静的孤独时钟。
没有债务，没有怀疑。
就是如此，别无他法，
只有不断地陪伴才是赤裸裸的。
承认媒体的悲剧，对虚构安全坚持。
欲望的确定性总处于未完成状态。
总是谈论空气，总是水果短缺。
或者从遥远的友谊中经常预告访问。
灵魂在天堂或坟墓里的短暂对话。
一切都在移动：这是时间的火车。
爱的欲望写在可笑的恐惧中。
只有和平的黄金幸存了下来。
所有旅行中的一次旅行。
一条不死的道路。永远。
我们应成为山峦。永远。

大船

撞上一排浮冰
船头破损严重
从造船厂不能去任何地方
时间之船却来了

我歌唱船长
他圆睁着眼睛发疯
旅客也被吓得乱跑
因为旅途不是旅游

我们在口哨中唱着那首歌
倚靠在栏杆上
在明媚的夏天

我们在甲板上歌唱闪电
揭开苍白的帆布
整船的退伍老兵

我歌唱视线里的珊瑚礁
愚蠢的无线电疯狂转向港口
在冰雹来临时疯狂掉转右舷

但是潜水艇还在做梦

穿过不断生长的梦魇

冷静的生命意志
会让龙卷风安静

我和我的心

我用我的心度过了艰难的日子。
噩梦降临在他身上却压迫着我。
在这之后一场紧张的战斗开始，
这让我心痛窒息，让我气喘吁吁。
我的脉搏在跳动，我的心在跳动
无休止的心跳过速。

国家消灭了成千上万的男人和女人，
他用恐惧和绝望征服了他们。
成千上万的孩子饿死。
我红色的血在加速。
我必须跟每个人都精力充沛地战斗，
打倒那个想摧毁我们的国家。

我梦见我的心害怕。
我知道我和我的心是一体的，
但有时我的心飞驰而去，
我自己则突然远走他乡。
我无法入眠，我掩面伪装，我猛然醒来。
永远不要太过清醒，你会因此死去。
为了梦想要战斗很长时间。
有一天我自己告诉我的心。

干旱

直到你爱上所有人
从充沛的水库
一直下降到
最低水平

我们的水坝干涸

还有痛苦在蔓延
轻度和重度搭配

然后——最后——
人群排成长长的队伍
在聚精会神倾听诗歌

离别

忘恩负义
透过木窗
破碎的树叶
他们是火的舌头

缓慢的旋律在延宕
我推迟回家的时间

一个多月以前评论
一个多月以前评论
威胁毁灭
谁会想去？

孤独

躲着我们和其他人
屏住呼吸
不被发现
就像在小时候一样

沉浸在一片诡计的海洋中
隐藏起来
推迟神秘

我已不在乎
一切都说过
但我们仍然要赴一个新的约会
身体和灵魂是什么
你能抵御这个梦吗?

奠祭

你没有来

晨光熹微
打开大门
在花园里
阳光在草地上歌唱
一群蜜蜂
洒下红酒
花的声音

如一个钟摆在降生或死亡之间摇晃（组诗）

1

一次又一次
我们惊讶地感到孤独
等待某个人
他要么不来，要么不归。

你的距离
我们之间
这不是真的。

爱的出现拯救了她
但爱在挣扎中灭亡。

我们等待时间
它却解散我们。

纵容或愤怒
我们白白地看手表
我们知道的要更多
没人会来的。

2

翻开这一页
无用地等在那里
我希望如此。

然后我读到发烧的脉搏
你说这是焦虑的呼吸吗？

我们摸索着穿过
那阳光下的世界
虚假的微笑会羞辱你的嘴唇
哦，这就是现实！

3

你们性格不合
他打电话给你。

你抚摸和回应的人。
他不在这里。他从未出现。

你渴望的回声
令人愉快，令人愉快
回声会取代你。

4

我涉过一片无边的草地
在奥林的铁丝网之间。

剩下的是什么：

火红的蝾螈
在残存的废墟中
从远古爬到现代。

嫩绿的苔藓
在石头上爬
从倒塌的塔
从来不吸取教训
天真无邪的堡垒

我涉过一片无边的草地
那上面漂浮的是什么
在奥林的铁丝网之间。

5

淤泥在掩埋
咆哮的战士
就像用身体测量
贪婪故事的进展

从斜坡后面观看。

他们是胜利的幻觉
关于那个男人
那血腥的滑稽之王。

6

举起无底的凶猛的杯
就在世界消失的时候
只剩下活力
鼓励或忽视。

7

我紧紧地闭上眼睛
我把自己包裹起来
在黎明的视野中舒展。

在那难以接近的地区
惊骇的爱的地震出现
在隐隐作痛的地方唱歌。

你和我的决心在摇摆
像钟摆一样摇晃
降生还是死亡。

当你弯腰在湖边喝酒

爱情是谎言
我们是死亡
年轻的恶魔

爱不会说谎
孤独的时候
不朽的爱情
回到这个世界
在我们的脸上

疯狂的形状

它在每个地方阴魂不散
这种疯狂已经控制了我

然后它不断地改变形态
蟋蟀变成了一片草
光的族群在珊瑚中

水从峭壁上突然冒出来
就像沙漠中顽固的岩石

如果我们对预兆保持着警惕
我们将感受到我们会成为谁
当它发生在衰退期
这就是人类的情绪

航海图

所有的方向都在内部会合
寂静正在那里疯狂地生长
如果野鸡在灿烂的早晨翱翔
关于古代野兽的森林
在那深渊的边缘
海上潜伏的日子
把那条旅行线路修好

灰烬

放置更多的木材
模拟更大的火灾
黎明时回到树上
那白炽鸟的王国
庆祝胜利的森林

在星座中解码
燃烧的渴望
要求发号施令

保持冷静
没有踩踏

默默地认出我们

读经

黄昏时分，夕阳西下，
一个生灵离开森林。
桤木的断枝提示，
成熟不能被打扰。
大风会再次把露珠
洒在树叶的悲哀上。
沙漠将再次被填充
跟爱人在空中邂逅。
喜庆的夏日篝火熊熊燃烧，
蓝色蜜蜂在颤抖的花瓣上，
水晶之谜：
你会对这个悬而未决的季节说些什么？

梦想

稀释的
干旱后

梦想
滴在了嘴唇上
被折磨的沙漠
变成了一条河

奔跑
蹲下
从岩石上
俯冲

如同一头怒吼的狮子
如同炽热追寻的愿望

影子降临

吞灭列国的影子，
必吞灭所有的人。
他一定会来的，
什么都不会留下，
不会留下你的信仰。
你我都无法再生存，
因为我们都看到，
他那可怕的举动。
既然我们遭受尚未发生的事情折磨，
那么只有我们守护的内心能够存留，
因为当死亡和生命在人类意识中分离时，
面对一个已经没有时间能量的海洋起伏时，
它将会突然出现。

分歧

这不可能，这不可能。
我们看穿厚厚的物质层。
我们在聋人之夜
听到了天籁之音。
我们沉醉于现实，
现实存在，也不存在，
因为感知流发生变化。
我们爱着对方，
但又不爱对方。
我们在湿润的嘴唇里
给对方阳光和死亡。

我会呼唤你

我们梦想爱情的尸体
躺在命运的乌鸦中间。
我的绝望把那些阴影吓跑，
但山峰又落在爱的身体上，
把它撕得粉碎。
我们都知道仇恨是最饥饿的乌鸦。
总有一天骨头会说话，
僵硬的肌腱会显示出他们的痛苦。
黑暗的毁灭之鸟，
必定会在朽木上，
在干涸的磐石上，
再次大声地吼叫。

我们比死亡更强大

但是有一个星球，
我们看不见形象，
我们听不到声音，
比我们的心跳和呼吸更重要。
这是一片欣喜若狂的土地，
比哥伦布[①]第一次看到瓜纳哈尼岛时喜悦，
他的瞳孔充满了甜蜜。
她不停地向我们涌来。
这是一片神秘的土地，
在我们脚下延伸，
如果我们不理解她，
她将会把我们埋葬。
如果我们还没有意识到
地球是我们唯一的身体，
如果我们梦想着一个新的星球，
我们比死亡更强大！

---

① 1492年8月3日，哥伦布得到西班牙女王伊萨贝拉的支持，带领三条船向西航行，并于10月12日登上了瓜纳哈尼岛，从而发现了美洲新大陆。

——译者注

我们在光的运动中聚集在一起

为了缓解我们缺水的问题，
喝下它蒸发的透明液体，
慢慢地从一个针管
转移到另一个针管，
水最终回到身体里。
然后从一个身体到另一个身体，
连续无休止的年龄，
扩散灵魂，扩散梦想。
到了十字路口，
在大地和水的组织中，
在聚集我们的光的循环中认出我们。

被盗的永恒

我想探索我自己和所有人的一个地方
那里的石头无比透明
身体获得了海的形状。

我在寻找我必须找到的人
在金色明媚的阳光下
已经没有阴影的时间
然后我们一起评论
一个多月以前的事
关于被盗的永恒。

垂钓

我在金色的海滩上看到
一头喘息的白海豚
它像孩子一样哭泣。

在几米之外的渔民
从渔网中计算出它的重量
把它带到鱼肉市场。

我以为爱就是大海
我们是白色的海豚
他们不知道该如何返回去。

第5辑 | 在我的记忆中

国界的倒塌

这是一个摧毁国界的野蛮故事
联合国在悲剧中诞生
那时我们还不是兄弟
但在所有这些世纪的苦难中
当噩梦实现时掠夺是无限的
所有的国界都像地震一样倒塌
接受现实的界限被打破
痛苦撕裂了世界的良知
残酷的死亡超越
对我们已知的所有打击
直到对生活的爱更加强烈
就像甜蜜的阳光是每个人的伤
在无声的沉船中把舌头伸出来
在时代的迷雾中重建物种
他们顽强的野蛮抵抗
超越所有的现实和梦想

获奖者

获奖者戴着围巾
咳嗽，担心
这么多不连贯的问题

大家都在祝贺他
当他在公众面前
忍受死亡的痛苦

在太多的感谢声中
他失去自己的声音

他苍白的脸
那是死亡吗
他们都拥抱他
把他团团围住

无人想被留下
完全出人意料

海市蜃楼

一大群孩子唱着海市蜃楼，
在一棵倒下的大树上发誓。

一圈小妖精和卷心菜在跳舞，
每天都在聚集和散开，
按着附近的门铃跑来跑去，
清晨不停地转来转去，
想看看外面发生了什么。

一群像图尔皮亚莱斯的孩子
躲在房子里秘密谋划
在新城市的建设中，
在暴风雨中放风筝。

命运之神游荡，
流浪者的家园，
苹果和番石榴。

一大群婴儿在跳舞，
唱着无拘无束的歌，
唱着一个即将到来的预兆：
愿即将逝去的国王降临！

男孩和女孩，
父母禁止他们牵手，
他们想长大成为绅士和淑女。

它在我夏天的童年里肆虐，
伴随着短暂的仪式和小小的启蒙运动，
以怀疑和决心鼓励着一个拒绝屈服的梦想。

我在赤裸的躯干上文身，
在用铁镐打开的洞穴里，
深入到蛛网和树根之间。

雷声中的雷声

我想知道
关于上帝的神态
咆哮声却淹没了房子

在密集的风暴中间
一道闪电按响门铃

无人敢回答

秦始皇的临终报告

帝国在他痛苦的时候沉痛地哀悼他。
死亡使他在不朽的岛屿上感到惊讶，
寻找无尽生命的秘密。

陛下将会永远被铭记
中国的长城开始修建。
你将各国的文字统一，
货币、车辙和尺码。

我上星期已经通知陛下，
我们完成了陵墓的建造，
你把它放在你的记忆里。

三十八年来，七十万泥瓦匠，建筑大师，
士兵们和雕塑家一直在不停地义务劳作。
许多人早已死于来路不明的流行病。
没有死的人也按照他的命令被处决。
成千上万的陶俑在原来的位置被竖立。

他们会照顾你一百万年的梦想。
秘密将被保存几个世纪。
这个村庄曾经很穷，现在依然很穷。
他的替身和敌人都被处决了。

战国现在是一个统一的帝国。

在未来它将被称为中国。它的首都是长安。

放心吧，秦始皇。放心吧，秦始皇。

被放逐的但丁[①]死在拉文纳

战争和瘟疫的黑暗日子
大海中的针依然被打捞

教皇和皇帝都得不到
他们都已经进入天国

为了报复他们谴责穷人
全部都进入黑暗的地狱

心痛欲裂的葡萄干
在死亡的凯旋门下

佛罗伦萨，佛罗伦萨：
流亡到另一个世界更难吗？

不是维吉尔平静的态度
孤独地静静地等待着你

---

① 但丁（1265-1321）是意大利诗人，也是全世界最伟大的诗人之一，他的《神曲》包括《地狱》《炼狱》《天堂》三部分。罗马伟大诗人维吉尔的灵魂带领他游历了地狱和炼狱，然后交给贝亚特丽斯的灵魂。贝亚特丽斯是但丁童年时就深爱的女人，许多诗篇都是写给她的，贝亚特丽斯带领他游历了天堂。

——译者注

不是中世纪天堂的希望
在贝亚特丽斯的嘴唇上

他们从你身上拿走怀疑的圣杯

致克莱斯特①

你是孤独的魂灵，
谁又能否认，
你在不安中逃离，
虚空的傀儡。

你从一个房间走到另一个房间，
但这不是你的家：
你的休息无须房间。
你在没有人注意的情况下
改变了郊区、国家、车厢。
你从一个时间旅行到下一个时间，
但没有地方等着你。
你终于回来了。

你成了另一个，
但仍然是一样的。

---

① 海因里希·冯·克莱斯特（Heinrich von Kleist.1777—1811），德国剧作家，富有创造力的现实主义诗人。著有喜剧《破瓮记》、(超人暴力剧《彭忒西勒亚》、浪漫主义剧本《海尔布隆的小凯蒂》及心理剧《洪堡王子弗里德里希》。早年从军，后厌烦军旅生活而辞去军职。他一生落魄凄惨，深为未受赏而痛苦，终以自杀了结。

——译者注

你喝到光的血液中有酸为止。
一直都没有得到的答案，
以否定这个问题而告终。

然后疯狂的焦虑追上了你：
是时候慢慢安静下来，
直到你死去或者知道一切。
坐在痛苦的平原中间，
认清所有人创造的是什么
来消灭我们所有人。

天使

说，逃亡的爱，
谁让露水燃烧
在我额头之上？

这样我才能理解你，
你是不是赤身裸体地走在尸体中间，
一个乞丐国家的收成？

从睡眠之书，
你撕掉那一页了吗？
那是天堂吗？

回避天兆

尽管有天兆出现，
我们离开并忘记。

我们迫不及待地离开了花园，
将我们的目光转向火热的地平线，
我们说过我们属于这个国家。

不记得遥远的海洋，
仍然在对我们微笑，
他们的玫瑰在谁的海岸，
我们志同道合的快乐营。

记忆

让你不在乎那红色的蘑菇
但是除了梦中的纤维森林

让你像毒药一样拒绝
这个地区的冷漠态度
灵魂在慢慢侵蚀

即使这些警察向你索要代币
你像他们一样，向骨头王国进军
不要看大屠杀的现场

记忆。记忆。
穿着丧服的希望说
在向旅行者告别时

21世纪

在两个商业区之间
世界悄然发生变化

教皇录制了一张CD
并将获得格莱美奖
他像往常一样
从外面看着我们

一起唱这张新CD
因为爱已经死了
世界也被粉碎了

将军们的强硬路线是
彻底轰炸生命的抵抗

战争是其长期组织的派对

在管弦乐队的一次停顿中
他们庆祝敌人的伤亡人数

好事变成坏事了
坏人变成了好人
随着时间的流逝
他越来越像一个杀人犯

死亡控制着通道

手掌之网

手掌之网为世界铺设好地基。
手掌之网又将世界地基毁掉。
这神奇的作品正在崩塌。

春天的热情召唤我们到狂野的光明草原，
因为阴影遮挡住白天的角落。

火和痛，而且贪婪不会屈服。
外界的万事万物在变化，
但是人类依然面临苦难。

我们只是活着。
谁能否认：五种感官之河流
一次又一次流入知觉的大海。

每天崭新的审判和艰难的真理，
流向酣然入梦的睡眠之网，
去帮助消除粗俗的时间边界。

这个手掌之网为世界铺设好地基。
那个手掌之网又将世界地基毁掉。

第6辑 | 红树枝之歌

如果你没有死

在梦中我大笑着逃走，
跟我的朋友们在一起。
因为一头黑牛在追我们。
当它正要向我们冲锋时，
黑牛突然消失。
它神秘的美女主人，
让黑牛为自己工作。

她这样对我说：
听着，如果你没有死在地狱的门槛上，
在米诺斯的迷宫里当诗人是不一样的
而不是在爱奥尼亚海的战争中当诗人
或者是一块镶嵌在风之塔上的石头。
让喧闹结束吧。
然后写作。

不存在的诗

不存在诗
没有音乐会呼叫你
你知道的
没有旋律让你的精神旅行

不存在诗
没有音乐会滋养你
你知道的
没有足够的歌声抵达你
没有古歌拥抱你
我情歌中的小可怜
没有财产让你继承
诸神没有向你扔出花之焰火
没有把全宇宙的红金赐给你
传奇的音乐之神
所有令人陶醉的树叶在风中发声
组成宇宙中的全部生灵拥抱
在所有时代的经纬度中

我的没有歌的爱人

北极之歌

我梦想住在一片冰原上，
许多半裸的人住在那里。

我学会了走路，
在冰冷的墙壁上摸索，
在冰块漂浮的脆弱的海上，
永远在移动。

假如我突然停下，
冰块就会从我脚下远去，
所以我必须永远在行走。

在转瞬即逝的每一步中，
我能够发现时间的持续。

突然一个女人坐着蓝色的雪橇经过，
雪橇上坐满孩子，
他们在欢快唱歌。

亚洲（组诗）

1

未开发的亚洲丛林
开疆拓土数百公里。
长时间飞行的采访，
水流上的小镇。
千年的水崇拜。
无尽的森林和湖泊。
卵形湖泊，月形湖泊，
棒状湖泊，龙形湖泊，
神秘的鱼形湖泊，
蛇和人一起跳舞，
未知的河流，未来的海滩，
水，水，数百万人渴望的水，
为了所有渴望露水的人。
他们在沙漠里做噩梦。
黄金城市周围的湖泊，
被未知世界包围的村庄，
沙漠离这个宇宙很远。

2

岩石，深渊，天空，大山。

为什么我的眼睛充满泪水？
我的眼睛是幸福还是悲伤，
李白的足迹
在黄山上？

3

飞龙的精神！
但听凤凰说，
他不会让你死的。

修订成都的根[①]

六千年前青铜人来到你的海岸，
为了实现一个流浪多年的梦想。

在你最初潮湿的风景中，
他们在勾画未来的神童。

在河流的沙滩上用竹竿，
张毅画出你的龟形边界，

从那以后你被挖掘到第九天堂，
正如李白的诗所写，
被酒带到月亮之门。

从青城山出发，
洁净的水浇灌到你身上。
还有那道光芒，
李耳口授给铁甲边防军。

---

① 这首诗是作者在成都期间所写，写到李白和杜甫，文中引用的诗句来自杜甫的《茅屋为秋风所破歌》，为了诗歌风格统一，这里不引用原文。

——译者注

你收留了穷人的诗人杜甫，
他用手搭建一间黄泥和稻草的小屋，
西临万里桥，北临百花池。

在那里他的灵魂找到自己渴望的家园的和平。
“没人来看我，但他陪我到池塘边，随遇而安。”

在一个寒冷的夜晚一场飓风把他的屋顶吹走。
在树上他那颗金子般闪耀的心在向上天祈求：
“成千上万的高大豪宅将崛起，提供住宿和欢乐
世界上所有的穷人，把他们从风雨中解救出来。”

红树枝之歌（长诗节选）

1

你让我自己跟你说话。
写下：我受苦，我歌唱，我要离开。
用我自己疯狂的声音来表达我的生活，
因为我知道在被死亡偷走的时间里，
春天的希望在一个永恒不变的地狱的地点和时间
比一个男孩被虚假的天空伏击的幻想更值钱。

一个虚假的天文馆的囚徒，
或者宇宙中一个没有阳光的几个世纪总和的囚徒，
就像一个自愿灭绝的神灵，
我们被盲目的父母和错误的老师引导着，
我们的目光被束缚着，
我们的舌头被拉扯住。

因此我们目睹了一位领主倒下的痛苦存在，
他头上戴着荆棘冠冕，
在请愿书和小蜡烛中，
仿佛下垂的托梁的符号。

同时另一位领主戴着冷冰冰的鄙视面具，
封建权力尚未被推翻的君主

却不肯放下他那手中的铁鞭，
带领他的一群金牛啃着银行的金库。

面对横冲直撞的死亡，
我们遭受了虚假的他者的终结，
在一个我们尚未逃脱的集体坟墓中的世俗专制。
被虚空的迷惑所俘虏，
此刻我们是一只眼睛，
不能完全依靠自己来召唤失败，
再次发现一段往日时光的记忆。

你说你没有听到我嘴里发出任何新词，
我没有说过，也没有唱过，
没有独自一人和许多人一起支撑起反对黑社会的声音，
在我的固执中，我沉默不语地加入怀疑论者的合唱团。
（因为面对死亡的可耻胜利，我无能为力）

你要求我表达一个像束棒一样强硬的真理，
好像有人可以双手挥舞自己的真理一般，
以有益的论据或握紧自己的拳头的方式，
假设舌头已经是一块贫瘠飞地的一部分。

但是，我是谁，能够说出一些以前从未说过的话，
之前没有冷静地认真衡量过你和我的硬道理，
在一个照亮了漫长吃人时代的太阳下忍受着。

2

我将用陶土一般的声音讲述一个几乎被遗忘的古老梦想。

但我不想说违背史前浓密树叶的复数形式，
那时没有你的或我的，
只有我们的。

黑土不会通过我的口保留它的记忆。
石头将永远唤起痛苦的人类噩梦，
而对起源的甜蜜呼唤还没有根除。

但不要过分强调我的话，
它们只会让你提防你已经看到的和生活过的东西，
因为光靠语言无法改变一个人或一个被恐怖统治的国家，
只有忧患的人类和国家才能改变自己。

我在不确定的岁月里说的所有话中，
这些将是其他的声音，
总是明确的，永远无法理解的术语，
你可能也听不到，尽管这不是我们第一次交谈。

反对这一铅色结构的言论，
最终将被一个在匕首中
不可逆转地上升的梦想所击败。

我要写的是我们古老的梦想，

有形和无形土地之间的界限，
现实的疯狂海岸和无底深渊，
在那里我们在死亡前不自觉地消失。
我们仍然害怕居住在这个世界上，
因为它已经从我们这里被夺走了，
而我们还没有意识到它在其惊人维度上的辉煌。

石头、植物、动物、个人和民族都有同样的气息。
同样的能量穿过我们，穿过地球。

为什么世界的团结遭到破坏？
为什么苦难淹没了所有一切？

这所房子在铅色的天空下竖立，
我们被那凶残的声音驱逐出土地。

铅时代的精神已经淹没了我们无数个世纪，
在幽灵城市的四壁之间，
在原始尘埃的风暴之下，
我们被无名士兵禁锢在那里，
永远与地球分离。

3

所有的血都抵达安静的地方。

——那瓦特[①]歌谣

我要用岩石的声音跟你们说话，
因为我们的声音是岩石沉入天空中的歌，
如同湖水一般清澈的声音。
生命来自一块鲜活的石头。

命运之石或太阳之石，
一个炽热地存在的稀有梦想
是能够倾听和看到的石头的梦想。

我们是兄弟和唯一，
我们和地球，
实体消失在空气中，
消失在行星之间的空虚中。

---

① 那瓦特人（Nahuatl）关于人类创造的传说，居然跟非常古老的美索不达米亚版本相同，这甚至在《创世纪》里都找不到相关解释。在那瓦特语书写的《太阳的传说》（又名《1558年手稿》）中记载，人类不是用黏土创造的，而是用一个神灵的鲜血创造的。男神艾（Ea）和女神宁悌（Ninti）合作，“准备了一个净化浴”。他命令“一个神灵把血滴进去”，“让宁悌把血肉和黏土混合”，男人和女人就从这种混合中诞生。

——译者注

岩石是如何存在的？
蛇发女妖美杜莎[1]用一个眼神石化人类。
第一个人王丢卡利翁[2]把石头变成男人。
第一个人后皮拉[3]扔的石头变成了女人。
印加最高神维拉科查[4]用石头创造了一个巨人种族。
几百年来，雨一直下在这块巨石上，海洋开始升起。

我们是印在巨石山脉的传说，
我们是无处可逃的痛苦迷宫。

反对我们的仍然站立在独裁统治的冰冷城堡，
在那里人类互相折磨。

---

① 美杜莎（Medusa）是古希腊神话中的蛇发女妖，居住在绕地环河俄刻阿诺斯的彼岸与黑夜之地相接的地方，凡看见她的眼睛的人都会被化为石头。

——译者注

②③ 丢卡利翁（Deucalion）和皮拉（Pyrrha），是希腊神话中大洪水后的幸存者，也是第一代人类王国的国王和王后。宙斯为了惩罚人类，释放一场大洪水，丢卡利翁和皮拉藏身在事先建好的方舟。大洪水第九天，他们按照女神的神谕，边走边将石块扔到身后去，于是男人从丢卡利翁所扔的石头中长了出来，女人则从皮拉所扔的石头中长了出来。新的人类便是这样被从石头中创造出来的。

——译者注

④ 维拉科查（Viracocha），印加创世神，被奉为“众神之王”。传说在大洪水之后，他用巨石创造了巨人族，建造了印加文明宏伟的蒂亚瓦纳科城。

——译者注

沮丧的石头地牢渗出了被判刑者的死亡阵痛，
就像拥有野兽般力量的镜子，
认为自己可以控制整个宇宙。

我们也渴望石头再次成为白昼，
巨石静止不动的谜团依然弥漫，
硅树脂的幻象升起于火花的基石之上。

审视这一圈巨型石头，
在平原的战斗后显现。
这块巨大的石头是用凝固的光做成的，
它是我父亲的安息之所，
右边那个稍小的属于我的农民高曾祖父。
这些巨石、卵石和玉石，中国的石头，
是先辈们疲惫不堪的生命。

久远的痕迹在无尽的沙土中幸存下来，
那些拒绝加入的碎片。
中世纪瘟疫的记忆驱散了我们。
所有的欲望都撞碎在了石墙上。
爱情被一种有毒的道德观念所动摇。
几个世纪的沉船事故之后，
一个精疲力竭的游泳者
像海神头上可怕的虱子一样，
紧紧地抓住岩石。

4

刹那间海市蜃楼将人类惊呆。
就像四个人一起在他的棺材里称重量一样，
那人被下午最后一道光束击中。
有一个梦想像地球一样压在我们身上，
这个梦想是一个被自己征服
又被自己的影子撕裂的物种。

在正午的阳光下把我们压垮的万有引力定律，
正是这个被禁止的传说的正面，
没有人想到它会被重新找回来。
但是其他的石头在天空下飘浮
跟随一位米利都[1]城隐士的声音。

当一个退潮的古大海变成海滩时，
我会用一个短暂的水之声跟你说话，
然后一个易变的元素在沙滩上干燥，
变成肉体和血管缠绕的生命体的梦想。

我要说的是：

---

① 米利都（Miletus），是位于安纳托利亚西海岸线上的一座古希腊城邦。在公元前6世纪它建立起了强大的海上力量，并建立了许多殖民地。米利都成为小亚细亚的文化中心，拥有一批著名的思想家，如泰勒斯、阿那克西曼德、阿那克西美尼等，世称米利都学派。

——译者注

这个永恒的黏土的宇宙，
死亡和重生，
拒绝化身液体或进入火炉，
因为它不知道或无法抵挡
一个无法辩驳的时间的冲刺。
因为如果邪恶肆虐百年，
任何人都很难忍受。

我的话是由空气、黑土和火焰组成的。
他们是被大风磁化了的沙粒，
或是一块块不可分解的黏土，
还没有冲进死亡的烤炉之中。
我的话尖刻如同连绵的峭壁，
或者像尘封在记忆大地中的尘土。

但我也要用石头的声音对你们说，
总有一日，天将大亮。
未来写在古老的石头上。
因为重生就是从石头回归到我们被照射的自然。

5

一首诗不是一场偶然游戏，
如同一颗经常作弊的人心
押在一个毫无意义的赌注上。
一首诗也不存在于灰狗比赛中。
诗歌是灵魂的数字，

是超人蜕变的痕迹。

几个世纪的漫长时间，
爱情被一首险恶的诗所束缚。
在一首写实的诗中，
工人阶级仍然在艰苦斗争；
印第安人从南方动员起来。

人类和森林被同一把电锯砍倒，
而世上的年轻人却徒劳地等待春天的到来，
春天会像红色的金子一样从里向外发芽。

注定要把我们解救出来的火，
藏在为自由而斗争的想象中，
藏在石头闪闪发光的心脏里，
藏在郁郁葱葱的神秘植物里，
藏在宗教裁判所禁锢的书籍里，
藏在滋养人们的幼年期的歌曲和神话里，
人们从地球的肉体中爬出，
定居在白热化的意识当中。

这首诗解开了这个谜。
哪条是急流，
哪条是光明，
哪条是不断变化的真理，
它总是否定我们，
通过一种无法描述的变异来表达，

它的路径只能通过睡眠来改变？

在伟大的诗歌中，
在诗歌的批判性写作中，
我们都直截了当地演绎
这段致命的历史。

6

在这个荒谬故事的某个时刻，
没有人知道为什么，
“邪恶”站在角落里，
无耻地盯着每个人，
看起来像一个杀人犯和一具尸体，
戴着“善良”的面具，
生活，受到敌对情景的攻击，
她因此被推到一边受到谴责，
数百年来的迫害、伏击、屠杀、失踪、处决……

“邪恶”帝国以“永恒”的姿态管理着上帝：
上帝（死亡）是他手中的傀儡。

人们不愿意屈服于木偶的琴弦，
这根琴弦最后纠缠在一起。
他们叛逆自己的本性，
他们是不受约束的能量，
他们被权力所阻挡，

强加在他们身上的“邪恶”
是不可逆转的死亡
慢慢向“另一种生命”转化。

契约被鲜血染红，
生命扭曲到死亡，
空气流血，
宇宙毁灭。
死亡讽刺地戴上了存在的面具。

（对于人类来说，
善良的意志永远是“美好的”，
生活永不平凡。）

死亡是“让我们浪费的邪恶”，
战争，物质和精神的悲剧，
掠夺，那无尽的毁灭能力，
在它的表演和日常角色中。

我们肩并肩地冲进去，
伴随着被囚禁的运动的无尽抵抗。
人的海洋，从未死亡
生命没有超人的姓氏，
等待着它的时刻到来。

7

这片未被征服的森林重新繁衍生息，

坚定地保证了露水的到来。
神话中的向日葵每天早上
都会看到一个叛逆的太阳
从宇宙的深处慢慢爬起来，
埋葬满布天空的黑夜。
一个坚持不懈的神童，
在小麦穗的复杂记忆中喂养
一片尚未被发现的绿色。

在这个故事昏昏欲睡的根源中，
一个难以想象的循环结束：
一场顽固战争的受害者所熟悉的
可怕的反复死亡场景上演，
将屈服于无数陌生人之间
突然爆发的兄弟情谊，
几乎悄无声息地到来。

帝国只居住在它吃力的喘息声中。
血腥的木偶戏落下帷幕。
美是在一个关键的会合点，
凝视着死亡的冷静的眼睛。
只有诗歌停止了它的杀戮之手，
人民因不知道自己生来自由而筋疲力尽。

先辈的精神相信我们这一代人。
我们是他们想象的综合体。
他们就在我们中间，

在人们不再为种植园奴隶而战的田野，
在意识如植物疯长而超越自我的地方，
在甜美女孩们喂养那些勇士的道路上
那些勇士一直在路障后面英勇地战斗。

诗歌就是我们的北极星。

8

我们有了新生活拼图游戏的钥匙。
任何事情都有可能发生，但不要害怕。
诗已被写出，但韵律还不是梦想的旗帜。
在一个非理性的场景中，我们互相观察。

不是你的——我们的是一个常数。
还记得水牛吗？
只有生病的动物才会离开羊群。
不要睡着，因为这不在规章制度中。
眼睛，你在不断眨动。
嘴巴，你说得太多了。

只有看不见的东西才能触摸。
但要提防教条说辞。
当心酒吧里的行话。
你只应在必要时发言。

让自己更新换代是必要的，

但在每个人的眼中永远不要太多。
不要超过任何人，
不管是多还是少。
当心睡眠不稳。
不要自言自语。
你对这些甜言蜜语了解得越少越好。

我喜欢并理解这种明亮的荒谬，
在这种荒谬中我们没有充分理解彼此。
美杜莎可以把我们变成石头，
因为我们说了一句话，
因为我们没说一句话。

9

远古人群的思想饥渴。
我们在祖先的谣言中战斗。
梦想的气息回到了根基。
一个不朽的太阳
以它数以百万计的光芒迎接我们。

我们的眼睛里充满了对星座的信任。
我们微笑着带着我们过去和将来的姿态。
我们的旅程在爱的标志下，
在几个世纪和鲜血中攀登，
这是一种叛逆。

人类的森林顽强地与时间的迷雾和石浪搏斗，
这些石浪来自建立在死亡金字塔上的年代，
呼吸着所有战争的空气。

我们是几个世纪以来最底层的人。
暴风雨寻求最高的时刻。
许多人遭受如此多的痛苦，
以至于他们不再有尸体。

每时每刻都是一股梦想的浪潮，
它通过鲜花盛开以增加干渴，
对抗不利的现实并推翻死亡。

一个充满活力的时刻会打破一切限制。

10

巨大的水流翻腾着。
地球的地基在颤抖。

海洋在风的反抗中展翅。
浮躁的梦想让我们精神振奋，
在地平线上挥舞着它的旗帜。
生命在爱的口中歌唱。

人类的天才慢慢苏醒，
红树枝的精神在宇宙的新时代焕然一新。

我们拒绝继续做奴隶。
我们挥舞着白色闪电。

一首纯净如白昼的歌摧毁地牢。
古代的叛乱在各大洲大量发生。

在那里我们被压迫，
叛乱就会持续爆发，
像红色的火焰一样燃烧。

我们将结束所有屠杀。
所有的餐桌上都会有鲑鱼晒太阳。

11

> 不管我活着或死去，我都是地球。
>
> ——题记

我们将回到草地上，
唱起黎明的合唱团。

口渴会找到水。
大海和流星永远不会变老。
未受约束的石头将再次成为白昼。

在新的大时代，

崭新的春天的脉搏和遥远的星星的脉搏
都将是我们的。

所有的世界都属于每个人。
不是神的头，
而是一个民族的头，
在经历了几个世纪的痛苦之后，
将在胜利中出现。

我们将再次成为地球和宇宙。
去庆祝生命战胜死亡的胜利。

12

我们青春无限，才两百万岁。
如果不在生活中追寻真理，
生活还有什么意义？
这是几个世纪以来的工作，
但找到真相的道路日益艰难。
那么，什么是真理？
诗歌是结束死亡和战争的微妙对话
因为爱被遗忘的代价是战争和死亡。

所有星球的诗人都叫“爱”，
它的光芒温暖着神圣的人民。
世界上所有的爱都存在，
但是却无处生存。

我们封闭自己于爱之外，
虽然我们属于爱，
爱的心脏需要被居住，
所有的虚空都包含它，
所有的虚空都容纳它。
紧紧地拥抱爱，
让爱永垂不朽。

你藏在哪里？
什么都不会结束。
只有你知道，
写下的是哪只手，
抹去的是哪只手，
它写下什么和它抹掉什么。

13

我们的诗将被太阳的第一次照射浸透
我们的话语将传遍大地的青年。
我们的睡眠将洗刷最初的想象。
我们为之浴血奋战的非同凡响而充满神奇的生命。
对我们的飞行欲望来说还不是太快。
我们的能量终将永远使我们的身体运动。
因为我们过去一直都是，
未来永远都是这个物种的一个个体，
困乏的“我”把我们分开。
我们用“能量之梦”创造的词语写诗，

像生命的波涛一样在我们身体内外进进出出。
这只是提醒我们自己所处的年岁。
因为我们在任何时代都是一样的。
对世界的凝视永远不会把我们分开。
“死亡永不会称王”。

当我找到你的时候

当我在经历无数个季节的无情离别后再次遇见你，
当我再次看到你那双不朽的美丽眼睛在光中闪耀，
你可爱的眼皮下如火的嘴唇注定要在这世上说话，
在人类时代只有极度渴望倾听的人才能得到什么。
当我终于走近你拥抱醉意朦胧的容光焕发的身体，
即使我用露水的密码去说话你也看不见我，
因为我只是你智慧的头顶上孤独的银色云朵，
因为我只是圣灵出现的地平线上的跳动火焰，
一个难以接近的荒野，一个在海中的大漩涡，
在你还没有被淹没的地方一只不洁净的鸟欢快地聚集在一起。
向那群白皙的海鸟飞去，我们不应该抓住的海岸，
因此在天堂里只有其他人才能够进入，
他的拥抱被忽视，他一千次证明死亡不过是一个糟糕的笑话。
我们古老的记忆和一种超越尘世的能量将使我们成为其他人。
当你试图看着我，却不能理解我注定离开的莫名其妙的缺席，
因为我将成为另一个时代的荒诞平原上无懈可击的谣言来源，
或者是一首想把所有时代的传奇浓缩成他的宁静之歌，
河流中的一股脉动淹没了一个邪恶故事的碎片和呻吟，
或者是一只透明的蜻蜓漂浮在复活森林的古老湖泊上，
梦想穿透并扭曲结实的铁而想要复活顽固不化的石头，
执着的爱情在内心深处的平静中真诚地渴望你等待你，
从一个安静的能量场中静静诞生了无数看不见的嫩草。
你到处找我却找不到我，因为你一直怀疑你自己或我，

虽然我一直雷打不动坚定地站在靠近你的崭新土地上，
你的眼泪会从眼睛涌出，因为你会徒劳地认为我已死。
自从我们不可避免地分离以来的时间已经过去了许久。
只有这样你才能知道你有多爱我有多想和我永远在一起。
在这个灾难的时刻死亡无情地把人类用枷锁起来，
在四面墙之间她压抑着孤独和沮丧推动着变化。
只有到那时你才能看到我在你的外面，
我的灵魂和我的心灵紧紧地拥抱着你。
在永恒中爱像一面镜子一般向前映照，
在我们的眼睛里扮演一个比世界更真实的梦。

附录：《世界诗歌运动宣言》

[哥伦比亚]费尔南多·伦德 执笔

曹谁 译

从史前时代起，诗歌就解放、改造和震撼着人类的情感、意识和感觉。

每一位诗人都有不同的诗歌理念，那是对现实、个体、行动的诗性思考。

一些文化领域对诗歌持有怀疑主义或虚无主义的态度，但在更广大的领域，诗歌是鲜活的希望。

原始先民的神话诗歌表达了部落文化与我们星球的能量和元素的交融。诗歌一直活在古代人们的祭祀歌曲中，是充满黑暗时代流传下来的传统。

诗歌的本质就是生命的本质，诗歌保存着人类祖先最早的记忆，也滋养着当今压迫时代的反抗。

诗歌鼓励人们憧憬未来，战争、屠杀、掠夺的历史不要重演，物质、文化和精神的渴求得到满足，这超越亿万人类向往美好生活，因为他们是动乱和绝望的受害者。

在过去，没有一种思想体系能够给人类带来持久的幸福。

我们却可以看到，资本主义正在消灭地球上的生命。

数以百万计的人死于饥渴，数以十万计的人死于可以治愈的疾病或在实验室中孵化的病毒，数以十万计的炸弹被投放在数以百万计的无辜人类身上。

战争毫无意义，战争的本质是以追求更大利益为目的，不惜摧毁人民，文化和语言的投资。我们宣布捍卫每一种语言和每一种文化，反对消灭地区特征的单极文化。

世界诗歌运动谴责与政府同流合污的世界财阀，他们的经济政策是一场灾难，真正的民主应该与财阀当政的制度作斗争；世界诗歌运动有成千上万的诗人呼吁市场和政府永久分离，因为我们的世界需要经济的发展和真正的民主。民主不是商品，经济发展不应该由投机市场所主导。

我们可以看到，正是这些利益集团，制造武器、炸弹、坦克、病毒和高利贷，控制出版界，并试图控制人类的心声和表达。

诗歌，为个人的深刻变革开辟了道路，让人类社会在精神、文化领域发生了改变，是历史巨变中人民深沉觉醒的声音。

尽管人们通常认为诗歌是诗人极端孤独经验的结果（因为创作几乎总是发生在极度孤独的时候），但不可否认的是，诗歌与集体意识的巨大飞跃有着深刻的联系。

一个民族应该是富足的，创新的，诗性的。诗歌是新历史的声音，是新生活的语言。诗歌史是人类精神的历险史，是人类精神存在的证明和不可征服的标志。

我们可以看到，古今中外最具代表性的诗人的历史，都是伟大的，都是人类精英直觉的传奇，他们缔造了一个个梦幻乌托邦，让人类精神从各种死亡中重生。

20世纪，影响各大洲的诗歌运动在世界轰轰烈烈地展开。超现实主义兴起于第一次世界大战前，与达达主义对话，聚集了来自欧洲、美洲和亚洲的相关诗人、视觉艺术家和电影制作人。超现实主义运动引申出一种可能和可行的交流维度，将创作者的个体和集体意识建构在人类外部条件和环境的根本变化上。

披头士运动体现了战后北美最重要的诗人对虚假的美国梦所提出的生活方式的激烈抗议，而现实中，正是虚假的美国梦让世界陷入了无休止的战争。

同艰难现实的阴暗景象平行，我们看到了一个诗意的宇宙在扩张中绽放——新的诗性星系为我们的理想敞开了大门。

数以百计的国际诗歌节、流派和研讨会，数字和印刷出版物，诗歌团体和诗歌圈子正在世界各地悄然兴起。

世界诗歌运动（WPM）由来自一百三十五个国家的数千名诗人和二百六十五个成员组织组成，致力于将全球的诗人和诗歌组织联系起来。

只有个人和集体创造出一种新的团结友爱的语言，并发动一场介入到激烈的历史运动中的国际性诗人艺术家运动，才能够维系和加强全球所有生命的内在联系。

我们对世界诗歌革命的呼唤源于内心的震动和先祖的影响，我们寻求一种集体意识的转变，并希望这种意识的转变能够走向一种更加博爱和团结，更加灵性和人性的行为。

世界诗歌运动鼓励全世界的社会斗争，积极支持全球人民抵抗和反对一切形式的压迫，积极寻求建立一个有智慧、有尊严、负责任和具有充分社会正义的人类社会模式。

这些都是世界诗歌运动的明确目标，是诗人与国内和国际诗歌组织与不同视野和诗学思想互动的结果。

我们号召你们通过一场世界诗歌革命，将生命之春的不可战胜的梦想现实化和理想化。诗歌所鼓舞的解放精神好比一棵思想巨树，我们要悉心照顾和滋养这棵思想巨树上伸展出的枝干、花朵和果实上的每一个细小根脉。诗人有义务完成这项任务，我们的使命是解放人类领地的最后一块精神净土。

人类已经失去了最初的道路，并在其虚弱的个人主义中病倒——诗歌是人类康复的良方。

诗歌可以而且应该由所有人来创作。当诗意精神从你的嘴唇中发出，从我的嘴唇中发出，从每个人的嘴唇中发出，并且抵达世界的耳朵时，那汇聚而成的强大声音，将是世界诗歌革命的成果——世界将为此发生改变，地球将把这个成果赠予我们每个人。

一种由积极的精神燃烧而产生的强大的声音，通过亿万人类的声音表达，可以阻止堕落，恢复我们人类物种生存的自然法则。在新的人类社会中，让我们向着一个全新的、美丽的、崇高的、尊严的、民主的生活飞翔。

关于诗歌世界革命的建议

为了实现我们的目标，有必要吸纳世界诗歌运动中的大多数诗人和诗歌组织；也有必要根据我们的目标，与拥有各种主张的艺术家一起组织许多同步进行的世界诗歌朗诵和诗歌行动。

我们在日常生活的每一个现实中都会显著地融入诗歌，这就增加了为诗歌建设多元文化和多学科整合的空间任务。

加强国际和地方诗歌节的存在。鼓励在全世界建立新的诗歌会议、节日、流派和诗歌研讨会。

我们提出了一项政策，将诗歌引入大众和新媒体。

鼓励与各级教育机构建立联系，从幼儿时期开始。赞同高校实现诗歌课程的开放。

倡议各国政府走出第一步，通过投资电子阅读和诗集，在当地社区免费分发，以促进诗歌的阅读和写作。支持图书馆管理跟诗歌有关的遗产项目和分配目录。

发展能够响应出版倡议的组织，出版当地诗人作品的简单版本，创建以促进文学和文化活动为重点的网站、广播和电视，创办并能定期举办促进诗歌相关活动的协会。

鼓励不同母语的诗人和文化推动者共同参加的会议，以便创建诗歌翻译工作坊。

定期展示诗歌，旨在培养对人类发展中心主题的认识：人权、劳动法权利、受教育和医疗的权利、环境科学、非暴力世界等。

我们必须鼓励合作出版社的创建，尤其是诗集的出版。鼓励建立一个能够以多种语言以纸质和数字格式出版的在线诗歌出版社。

我们必须使用起我们的符号和标志，在世界各地的每一个诗歌节、研讨会、图书展、诗歌朗诵会、诗歌教育、文学咖啡会、诗歌会议和出版物上展出。

世界诗歌运动协调委员会

2014年11月

费尔南多·伦德（Fernando Rendon）

1951 年 7 月 16 日生于哥伦比亚麦德林。

哥伦比亚著名诗人，是西班牙语诗歌界代表人物之一，麦德林诗派创立者。麦德林国际诗歌节的创始人和主席，诗歌杂志《普罗米修斯诗歌》杂志创始人、主编，世界诗歌运动协调委员会（WPM）总协调员。1996 年创建麦德林诗派。2012 年创立世界诗歌运动组织，并担任总协调人和官网主编，多次组织全球诗歌运动，多次参加世界各国国际诗歌节。

代表作品

《反历史》
《在其他太阳下》
《鲢鱼图案》
《放射性问题》
《红树枝之歌》
《漂浮》
《可见和无形之间》
《世界上所有的爱之歌》
《蕾姆包德车站》
《书写未来的古老石头》

有度文化

北岳好书

理想国的歌声

出品人 | 郭文礼　　选题策划 | 刘文飞　　责任编辑 | 吴国蓉

复　审 | 刘文飞　　终　审 | 郭文礼　　印装监制 | 郭　勇

项目运营 | 有度文化・刘文飞工作室　　投稿邮箱 | liuwenfei0223@163.com

微　博 | http://weibo.com/liuwenfei　　微信公众号 | YOUDU_CULTURE